JEDERMANNS KIND

Cathy McGough

Stratford Living Publishing

WAS DIE LESER SAGEN...

AUS DEN USA:

"Cathy McGoughs Jedermanns Kind ist ein psychologischer Thriller, der dich bis zum überraschenden Ende in Atem halten wird."

"Wow, das Ende dieser Geschichte habe ich definitiv nicht erwartet und konnte es auch nicht vorhersehen."

"Eine gut konstruierte, handlungsgetriebene Geschichte."

"Es gab so viele Wendungen, und gerade als du alles verstanden hast, wurde dir der Teppich unter den Füßen weggezogen."

"In der Mitte des Buches war ich fassungslos und habe mich wirklich gefragt: WAS?

AUS DEUTSCHLAND:
"Eine Geschichte, die so dicht geschrieben ist, dass sie es in sich hat."

"Ich dachte, ich hätte alles durchschaut, aber ich lag so falsch.

"Eine unterhaltsame Lektüre mit einigen überraschenden Wendungen."

AUS CA:
"Ich fand die Geschichte sehr spannend und habe das Buch gerne zu Ende gelesen."

"Leicht zu lesen, schnelles Tempo und eine interessante Prämisse".

VON IN:
"Ein gut geschriebener, unterhaltsamer Thriller."

Inhaltsübersicht

Widmung XI

Poem: XIII

KAPITEL 1 1

KAPITEL 2 6

KAPITEL 3 9

KAPITEL 4 12

KAPITEL 5 14

KAPITEL 6 17

KAPITEL 7 19

KAPITEL 8 20

KAPITEL 9 22

KAPITEL 10 23

KAPITEL 11 34

KAPITEL 12 40

***	43
KAPITEL 13	45
***	52
KAPITEL 14	57
KAPITEL 15	60
***	62
***	65
***	67
KAPITEL 16	69
KAPITEL 17	72
KAPITEL 18	73
KAPITEL 19	77
KAPITEL 20	80
KAPITEL 21	84
***	87
KAPITEL 22	90
***	92
KAPITEL 23	96
***	98
***	99
KAPITEL 24	106
KAPITEL 25	109

KAPITEL 26 113

KAPITEL 27 119

KAPITEL 28 121

KAPITEL 29 123

KAPITEL 30 125

KAPITEL 31 132

*** 136

KAPITEL 32 139

KAPITEL 33 144

*** 150

*** 153

KAPITEL 34 154

KAPITEL 35 156

KAPITEL 36 158

KAPITEL 37 162

KAPITEL 38 164

KAPITEL 39 166

*** 171

*** 173

*** 175

KAPITEL 40 177

KAPITEL 41 181

***   187

KAPITEL 42   189

KAPITEL 43   191

KAPITEL 44   192

KAPITEL 45   194

KAPITEL 46   196

KAPITEL 47   198

KAPITEL 48   200

KAPITEL 49   202

KAPITEL 50   203

KAPITEL 51   205

KAPITEL 52   206

KAPITEL 53   207

KAPITEL 54   209

KAPITEL 55   211

KAPITEL 56   214

KAPITEL 57   217

KAPITEL 58   219

KAPITEL 59   221

KAPITEL 60   223

KAPITEL 61   225

KAPITEL 62   226

KAPITEL 63 228

KAPITEL 64 229

KAPITEL 65 233

KAPITEL 66 237

KAPITEL 67 239

KAPITEL 68 241

EPILOG 247

Danksagungen 249

Über den Autor 251

Auch von: 253

WIDMUNG

FÜR DIE KINDER

POEM:

DIE PAPIERPUPPE

Die Papierpuppe ist im Wirbel des Windes
verheddert

Voller Emotionen wirbelt sie herum und dreht sich

herum und herum, wie eine Ballerina, und dreht
Pirouetten

Sie blickt zurück auf die Misserfolge und das
Bedauern des Lebens.

Verzweifelt versucht sie, aus seinen Fängen zu
entkommen

In ihren Ohren flüstert der Wind Vergewaltigung.

Die Papierpuppe wird von Glied zu Glied zerrissen

Eine bloße Erinnerung an das, was hätte sein können.

Sie spürt keinen Schmerz, denn sie ist nur ein Kind

Sie spürt nichts.

Höre das Weinen der Kinder, die sich im Schlaf wälzen

In den Träumen ihres Schlafes

Beschütze sie vor den Wirbelstürmen des Lebens.

Lauft, Kinder, lauft,

Es gibt keine Ketten mehr, die euch binden.

Beschütze sie vor den Wirbelstürmen des Lebens.

KAPITEL 1

BENJAMIN

DER SIEBZEHNJÄHRIGE BENJAMIN WAR ein pflichtbewusster Mitarbeiter. Vor allem, seit er die High School abgebrochen hatte. Zweimal am Tag, sechs Tage die Woche, besuchte er die Bank. Morgens, um Bargeld zu holen. Nachmittags, um die Tageseinnahmen einzuzahlen. Der Weg dorthin und zurück verlief ereignislos: bis zu diesem einen Morgen.

Was ihm auffiel, war eine Frau. In ihren hochhackigen Schuhen stach sie hervor wie eine Schaufensterpuppe am Strand. Die goldenen Anhänger an ihrer Handtasche und ihrer Sonnenbrille reflektierten das Licht und ließen es wie Glühwürmchen umherhüpfen. Über die Schulter ihres ärmellosen schwarzen Kleides hing ein roter Schal.

Benjamins Augen folgten dem Verlauf des Schals, bis er das Ende des ausgestreckten Arms der Frau erreichte. Daran hing ein kleines Mädchen, das sich abmühte, mitzuhalten. Der Arm des vielleicht sieben Jahre alten Kindes reichte ebenfalls nach hinten. Daran hing ein Ding: eine schlaksige, lebensgroße Puppe. Er überlegte kurz, denn das Gesicht der Puppe und das des Kindes waren identisch. Dann bemerkte er, dass der ausgestreckte Arm der Puppe ebenfalls nach hinten reichte - zu nichts und niemandem. Die schlaksigen Beine und Schuhe des Dings schlurften über den Bürgersteig und bildeten das Schlusslicht.

Neugierig folgte er dem seltsamen Trio, als sie um die Ecke bogen und zur Uferpromenade des Ontariosees gingen.

Die Frau blieb stehen, riss den zögerlichen Mitläufer am Arm und beschleunigte das Tempo. Die Kleine stolperte zu Boden, ohne die Hand ihrer Puppe loszulassen. Sie rappelte sich auf, nur um einen Schlag mit der Rückhand auf die Wange zu bekommen. Eine Ohrfeige, deren Geräusch ihn zusammenzucken ließ, weil es nachhallte.

Die Frau ging schnell weiter, als das Piepsen des Kindes in ein Kreischen überging. Sie lehnte sich zurück und flüsterte dem Kind ins Ohr: Das Ergebnis waren stumme Tränen.

Er legte seinen Finger auf die Kurzwahl 911 und schätzte die Situation ein. Wenn er ein erwachsener Mann wäre, würde er ihr die Leviten lesen. Stattdessen beschattete er sie weiter. Er beobachtete sie. Er ging auf und ab und fragte sich, warum er es so eilig hatte.

Die Puppe, die mit einem breiten Grinsen hinter ihm herhüpfte, war ihm unheimlich, also wechselte er auf die andere Straßenseite. Er beobachtete das seltsame Trio weiter. Besonders der rote Schal der Frau stand im Kontrast zu ihrem rabenschwarzen Haar und ihrem Kleid. Sie wirkte deplatziert, als wäre sie mit zwei Kindern im Schlepptau auf dem Weg zu einem Magazin-Shooting.

Warte mal kurz. Die Art der Puppe kam ihm bekannt vor. Sein Chef, Abe, bestellte manchmal ähnliche Puppen in seinem Laden. Meistens in den Monaten vor Weihnachten.

Die Puppen wurden von Europa aus entworfen und verschickt. Zu jeder Bestellung musste ein Foto des Kindes eingereicht werden. Dieses sollte die Haut-, Haar- und Augenfarbe wiedergeben. Details wie Größe, Gewicht und Schuhgröße wurden auf der Rückseite des Fotos festgehalten.

Da fiel ihm auf, warum sich das kleine Mädchen so schwer tat. An ihren Füßen trug sie glitzernde Sandalen, die Art mit dem um den Knöchel gewickelten Band. Für Sandalen waren sie zwar hübsch, aber für schnelles Gehen ungeeignet. Für ihren Zwilling waren die Sandalen kein Problem, als er die Puppe über den Bürgersteig zog.

Als sie an der ersten Parkbank ankamen, hatte sich die Frau schon wieder beruhigt. Sie lachte, als sie der Kleinen half, ihren Rucksack abzunehmen. Dann sorgte sie dafür, dass sie bequem saß, bevor sie sich um die Puppe kümmerte. Sie bog die Beine der Puppe an und richtete sie in einer sitzenden Position auf.

Er ging näher heran und fotografierte das Hafenviertel, bis sein Handy vibrierte. Es war Abe, der sich nach ihm erkundigte.

"Wo bist du?" Abe hatte getextet. Abe war Benjamins Chef und Vermieter. Abe war ein Verfechter der Routine.

"Aufstellung, bin so schnell wie möglich zurück", schrieb der Junge.

Abes Antwort war ein Emoji mit einem Daumen nach oben.

Die Frau kniete nieder, so dass sie Auge in Auge mit dem Kind war.

Der Teenager machte ein Panoramabild der Skyline des Ontariosees vom CN Tower bis nach Burlington.

"Schatz, ich habe mein Portemonnaie vergessen", tätschelte sie die Hand des Kindes. "Ich bin gleich wieder da, versprochen."

Das Kind blieb still und fummelte an seinen Sandalen herum.

"Tun dir die Füße weh, mein Schatz? Es tut mir leid, dass wir uns so beeilen mussten. Du kannst dich hier ausruhen, und wenn ich dich wieder abhole, geht es dir wieder gut. Warte einfach hier, okay?"

Das Kind nickte und ließ die Beine sinken. Da sie den Boden nicht berühren konnte, hielt sie still.

"Solange ich weg bin, rührst du dich nicht von der Bank." Sie schaute sich um. "Und sprich mit niemandem. Denk daran, dass wir ein geheimes Wort haben. Weißt du, wie es lautet? Pst, sag es mir nicht. Du erinnerst dich daran, ja?"

"Und wenn ich", flüsterte das Kind, "pinkeln muss?"

"Halte es fest, bis ich zurückkomme. Es wird nicht lange dauern. Je eher ich gehe, desto eher komme ich zurück." Sie stand auf und richtete ihren Rücken auf.

Der Kleine packte sie am Arm: "Du vergisst mich doch nicht, oder, Mami? So wie beim letzten Mal?"

Die Frau seufzte und flüsterte.

"Mein Schatz." Sie streichelte die Hand ihrer Tochter. "Neunundneunzig Mal habe ich dich pünktlich von der Schule abgeholt und du erinnerst dich immer an das eine Mal, als ich zu spät war." Sie holte tief Luft und trat dann zurück.

"Tut mir leid, Mami."

Der Teenager saß auf einer Bank in der Nähe und blätterte durch die Fotos, die er gemacht hatte. Er blickte auf, als die Frau sich umdrehte. Ihr Gesichtsausdruck wirkte jetzt noch kindlicher, ihr Kinn war vorgestreckt.

"Diesmal kenne ich den Weg nach Hause", sagte ihre Tochter mit einem Schmunzeln.

Die Frau schnaubte, drehte sich um und umarmte ihre Tochter. "Ich muss jetzt gehen, Baby."

"Ich bin kein Baby."

"Ich weiß, dass du keins bist. Warte hier, warte auf mich. Ich werde zurückkommen. Ich schwöre es." Sie tat so, als würde sie das Herz kreuzen und ging dann weg.

"Bis bald, Mami", sagte das Kind. Sie reckte den Hals und beobachtete, wie der Abstand zwischen ihr und ihrer Mutter immer größer wurde.

Der Teenager sah ihr mit tränengefüllten Augen zu. Sie war also doch eine gute Mutter, oder besser, als er dachte, dass sie es war.

Die Mutter drehte sich um, warf ihrem kleinen Mädchen einen Kuss zu und ging weiter.

Sein Telefon vibrierte wieder. Abe. Er musste zur Bank gehen.

Das Kind öffnete den Reißverschluss seines Rucksacks, zog ein Buch heraus und begann zu lesen. Ein oder zwei Minuten lang beobachtete er sie. Es war niedlich, wie sie ihre Lippen bewegte, um die Wörter auszusprechen.

Er schaute auf seine Uhr. Da er sich sicher war, dass ihre Mutter wie versprochen zurückkommen würde, ging er zur Bank.

Das war die einzige Möglichkeit, Abe davon abzuhalten, ihn zu suchen. Wenn Abe aus dem Laden kommen musste, um nach ihm zu suchen...

Daran wollte er nicht denken.

KAPITEL 2

JENNIFER WALKER

ALS SIE EIN PAAR Meter entfernt war, warf Jennifer einen Blick auf ihre Tochter, die wie befohlen auf der Bank sitzen blieb. Sie hasste es, sie dort allein zu lassen, aber welche Wahl hatte sie nach dem, was sie getan hatte? Sie öffnete ihre Handykamera und schoss ein Foto von ihrer Tochter. Das Foto zeigte ihr kleines Mädchen eingerahmt vom blauen Himmel und dem noch blaueren Wasser des Ontariosees. Zufrieden, dass sich ihre Tochter nicht rührte, drehte sie sich in die Richtung, aus der sie gekommen waren.

Auf dem Rückweg dachte sie an ihren Partner Mark Wheeler. Sie war eine Zeit lang mit ihm ausgegangen, obwohl sie wusste, dass er bereits verheiratet war.

Meistens, zumindest wenn sie in der Öffentlichkeit unterwegs waren oder ihre Tochter dabei war, war er freundlich und sanft.

Aber wenn sie allein waren und es um Sex ging, zeigte er sich von einer ganz anderen Seite. Es stimmt, manchmal genoss sie Fesseln und sogar ein wenig erotisches Versohlen. Aber die erotische Erstickung ging zu weit. Das

Gefühl, unter Wasser zu gehen, runter, runter, runter. Nach Luft zu schnappen, als ob man sie nie wieder finden würde, war etwas, das ihr Angst machte. Also gab sie diesmal Gas und weigerte sich, es zu tun. Mark tat es sich selbst an, während sie duschen ging. Als sie zurückkam, war er tot. Sie war zu verängstigt, um auch nur die Plastiktüte von seinem Kopf zu entfernen. Stattdessen ging sie in das Zimmer ihrer Tochter und verbrachte dort die Nacht, und gleich am nächsten Morgen verließen sie das Haus.

Ihr Telefon klingelte, er war es endlich. "Du musst mir helfen", sagte sie. "Ich kann mich an niemanden sonst wenden."

"Ist es Mark?", fragte ihr Freund, der auch Marks Fahrer Poncho ist.

Sie schluchzte. "Ja."

"Okay, ich bin gleich da. Ich bin etwa eine Viertelstunde entfernt. Halte durch."

Um sich abzulenken, kam ihr die Erinnerung an Katie als Neugeborenes in den Sinn, als sie sie zum ersten Mal im Arm hielt. Ihre Tochter war der kleinste, weichste und schönste kleine Engel, den sie je gesehen hatte. Sie wuchs so schnell heran. Jennifer hasste es, ihre Tochter allein am Hafen zu lassen, aber sie mussten die Leiche loswerden. Vor allem wegen Marks Verbindung zur Gemeinde und zur Drogenszene. Selbst wenn sie ihnen die Wahrheit sagte, würden sie ihr nicht glauben. Marks Vater hatte eine Menge Geld - und sie konnte nicht riskieren, ins Gefängnis zu kommen. Was würde mit ihrem Baby passieren?

Sie lachte und dachte daran, wie oft sie ihre Mutter beschuldigt hatte, für Männer, die es nicht wert waren, dumme Dinge zu tun. Sie schaute in den Himmel: "Mama, es tut mir leid, denn diese Sache, die ich getan habe, bekommt den Preis." Die Geschichte wiederholte sich immer. Das zu wissen, machte es nicht besser für sie.

Hör auf, dir Vorwürfe zu machen, du Dummkopf, dachte sie. Ehe sie sich versah, würde sie Katie zurückholen.

Außerdem hatte ihre Tochter ein Buch in ihrem Rucksack. Die Puppe, die sie Katie Jr. nannten, während ihre Tochter versuchte herauszufinden, wie sie sie nennen sollte, machte ihr eine Heidenangst. Er hatte sie ihr geschenkt. Sie würde ihr eine andere Puppe besorgen und diese in den Müll werfen.

Als Jennifer schon fast zu Hause war, sah sie einen weißen Lieferwagen in der Einfahrt warten. Poncho zog den Wagen in die Garage und schloss sie dann. Sie trat durch die Vordertür ein und ließ Poncho herein, in der Hoffnung, dass ihre neugierige Nachbarin auf der anderen Straßenseite gerade beschäftigt war.

KAPITEL 3

KATIE

NACHDEM SIE IHRER PUPPE zweimal aus dem Buch vorgelesen hatte, legte Katie es weg. Sie beobachtete die Möwen, wie sie hochflogen und dann so schnell wieder runter, dass sie ihre Schnäbel ins Wasser steckten. Manchmal tauchten sie mit einem kleinen Fisch im Schnabel wieder auf. Wenn das passierte, applaudierte sie. Mehr als einmal blieben Passanten stehen, um zu sehen, was sie beklatschte, und stimmten mit ein. Katie fühlte sich weniger allein, wenn das passierte.

"Sie ist so süß", sagte ein junges Paar zu ihr. Da sie Fremde waren, sagte sie nichts, sondern beobachtete weiter die Möwen.

Die Zeit verging, während die Sonne nach und nach am Himmel verschwand und ein Polizist anhielt. "Ist alles in Ordnung?"

'Sprich nicht mit Fremden', sagte die Stimme ihrer Mutter in ihrem Kopf. Aber er war ein Polizist. Er war jemand, dem man in Zeiten der Not vertrauen konnte. "Ich warte auf meine Mami. Sie wird gleich zurück sein."

Der Polizist muss ihr geglaubt haben, denn er neigte seinen Hut und ging weiter.

"Danke", sagte sie und hoffte, ihre Mutter zu sehen, die auf sie zuging. Sie schloss ihre Augen und öffnete sie wieder, in der Hoffnung auf ein anderes Ergebnis. Doch das war nicht der Fall.

Katie strich ihr rotes Kleid auf der Vorderseite glatt. Sie hob den Ärmel ein wenig an, wo der Gummizug sie einklemmte und einen Abdruck hinterließ. Sie wippte vor und zurück. Die bloße Bewegung führte dazu, dass sich der Knöchelteil ihrer Sandalen zusammenzog, also hörte sie auf, ihre Beine zu bewegen.

Gestern Abend hatten Mark und Mami sie ins Bett gebracht. Dann hörte sie Geräusche. Wenn sie laut waren - geschrien - war es beängstigend, aber nicht beängstigend genug, um sie vom Einschlafen abzuhalten.

Ihre Mami sagte immer: "Katie, du könntest einen Tornado verschlafen." Das brachte sie zum Lachen.

Als sie heute Morgen das Haus verließen, sagte Mami, dass Mark ausschlafen würde. Deshalb mussten sie sich schnell anziehen und aus dem Haus gehen.

Als sich die Vorhänge auf der anderen Straßenseite bewegten, sagte Katie: "Sie sucht schon wieder, Mami."

"Mach dir keine Sorgen um diese neugierige alte Fledermaus", sagte ihre Mutter und zog ihre Tochter mit der Puppe hinter sich her.

Mark war nicht Katies richtiger Vater, aber er kam oft zu Besuch. Manchmal kaufte er ihr Dinge, wie ihre Puppe. Wenn er da war, war ihre Mutter zunächst glücklich. Dann ging er weg und ihre Mutter sagte, er würde nie wiederkommen. Aber das tat er immer.

Das kleine Mädchen lebte in einem ständigen Zustand der Verwirrung. Männer kamen und gingen. Trotzdem liebte sie die Puppe, die ihr Zwilling war.

Das Problem war nur, wie sie sie nennen sollte. Sie konnte sie nicht Katie Two nennen, denn Zwillinge haben nicht denselben Vornamen. Auch als sie sie schon eine Weile hatte, blieb die Puppe namenlos.

Das Kind vermisste die meiste Zeit nicht, einen Vater zu haben. Kinder vermissen nicht oft etwas, das sie nie hatten. Bis die Gesellschaft sie daran erinnert - zum Beispiel bei einem Vatertagsessen in der Schule.

"Wirst du beim Vatertagsessen in der Schule mein Daddy sein?" fragte Katie Mark.

"Das würde ich gerne, Schatz", antwortete er.

"Aber Mark ist ein vielbeschäftigter Mann", sagte ihre Mutter.

Als der Vatertag kam, war Katie das einzige Kind, das niemanden hatte. Andere Kinder, die keine Väter hatten, brachten ihre Großväter, Brüder oder Onkel mit. Katie, die auch nichts von alledem hatte, war noch verzweifelter.

Als Katie am Abendbrottisch in Tränen ausbrach, rief ihre Mutter den Direktor an. Sie verlangte, dass die Schule die Vatertagsveranstaltungen ganz verbietet.

Katie wollte nicht, dass er für alle gestrichen wird. Alles, was sie wollte, war Inklusion. Wenn Mark dabei gewesen wäre, wäre alles für alle in Ordnung gewesen.

Eine Möwe tauchte in der Nähe auf. Der Vogel kackte mitten in die Klappe und ließ ein Souvenir zurück. Es spritzte über die Kleider des Kindes und der Puppe. Katie wischte sich zuerst die Tränen aus den Augen. Dann tat sie das Gleiche für die Puppe.

Sie wünschte sich, ihre Mutter würde schnell zurückkommen.

KAPITEL 4

BENJAMIN

Es war später Nachmittag und Benjamin war auf dem Weg zur Bank. Er warf einen Blick in Richtung Ufer: Das Kind war immer noch da! Er hatte mit seinem ersten Gefühl recht gehabt - ihre Mutter war eine Schande für die Eltern. Ein kleines Mädchen den ganzen Tag allein am Ufer zurückzulassen, war Vernachlässigung.

Er eilte weiter zum Ufer. Er musste die Tageseinnahmen loswerden, bevor die Bank schloss. Anstatt das Warten zu riskieren, zahlte er das Geld in den Automaten ein und kehrte dann zurück, um nach dem kleinen Mädchen zu sehen.

Abe hatte ihm bereits zweimal geschrieben und gefragt: "Wo bist du?

Am Anfang hatte er es spannend gefunden, Abe in die Technik einzuführen, aber jetzt war es eine Nervensäge. Nicht, dass Abe Benjamin misstraut hätte. Tatsächlich waren der Mann und seine Frau Benjamins Vormünder. Obwohl Abe im Menschengeschäft tätig war und Waren an die Öffentlichkeit verkaufte, war er kein Menschenfreund.

"Ich brauche 2 t/c von etwas 1", antwortete der Teenager.

"Okie, dokie", erwiderte Abe. "Ich muss meine Frau aus der Küche rufen, damit sie mir hilft!"

Er kicherte und schickte ein passendes Emoji, als er sich auf den Weg machte, um nach dem kleinen Mädchen zu sehen.

KAPITEL 5

KATIE

KATIE BLIEB AUF DER Parkbank sitzen. Am Horizont konnte sie sehen, dass die Sonne unterging. Es war schon spät. Ihre Mutter hatte sie vergessen - schon wieder. Das Kind musste urinieren und überlegte, nach Hause zu laufen. Sie kannte den Weg, hatte aber keinen Schlüssel dabei. Sie wünschte, sie hätte ihre Laufschuhe oder weniger drückende Sandalen angezogen.

Sie wollte nicht draußen sein, wenn es dunkel wurde. Selbst jetzt stellte sie sich vor, wie sich um sie herum Schatten bildeten, die von Wolkenreflexionen verursacht wurden. Als eine Krähe krächzte, sprang sie auf und fröstelte. Ein Marienkäfer krabbelte ihr Bein hinauf und auf ihr Kleid. Sie hob ihn auf ihren Finger und ließ ihn ihren Arm hinauflaufen, bis er einen gelben Streifen hinterließ.

"Es ist okay", flüsterte sie dem Insekt zu, "jeder pinkelt mal." Sie setzte den hübschen roten Käfer auf der Bank ab und er flog davon.

Ihr Magen knurrte und sie fummelte in ihrer Tasche und zog ein geschmolzenes Mini-Kit-Kat heraus. Es schmeckte so gut, aber sie wünschte sich, dass es kein Mini wäre und hoffte, dass ihre Mutter bald zurückkommen würde.

Das Kind tat so, als würde es die Puppe füttern, dann las es weiter.

Sie hatte das Buch schon so oft gelesen, dass sie an den Tag zurückdachte, als ihre Mutter ihr sagte, dass sie heute nicht zur Schule gehen würde.

"Warum?", fragte sie. "Ich will zur Schule gehen."

"Heute gehen wir ans Wasser. Wir beobachten die Vögel, hören den Wellen zu und später gehen wir ins Café und holen uns Baby-Chinos."

"Ich bin kein Baby mehr", protestierte Katie.

"Ich weiß, dass du keins mehr bist, aber liebst du die Baby Chinos nicht trotzdem?"

Das kleine Mädchen reckte ihr Kinn vor und dachte an Baby Chinos. Sie war jetzt ein großes Mädchen, und wenn ihre Mami sie abholte, bestellte sie stattdessen einen extragroßen Erdbeermilchshake.

"Das wird ein Riesenspaß!", hallte die Stimme ihrer Mutter in ihren Ohren wider.

"So ein Spaß", wiederholte das Kind. Dann schweiften ihre Gedanken ab: "Kann ich sie mitbringen?" hatte Katie gefragt. Das bezog sich auf ihre Puppe.

"Ja, das kannst du, solange du sie den ganzen Weg hin und zurück trägst. Und vergiss nicht, du wirst auch deinen Rucksack tragen."

"Okay, Mami, mach ich." Katie steckte ihre Arme durch die Rucksackgurte und schlang ihre Arme um die Taille der Puppe.

Über ihr zog eine V-förmige Gruppe von Kanadagänsen hupend über den Himmel. Sie bemerkte, dass die Sonne noch ein bisschen weiter untergegangen war. Sie fröstelte und nahm die Hand der Puppe in ihre, als sich Schritte näherten. Sie gehörten zu einer Person, bei deren Anblick sie feststellte, dass er weder ein Junge noch ein Mann war - er lag irgendwo dazwischen.

Sie verschränkte ihre Arme um sich. Als die Sonne immer tiefer sank, wünschte sie sich, sie hätte einen Pullover oder einen Mantel. Sie bemerkte, dass der Junge/Mann weder das eine noch das andere trug. Sein schwarzes T-Shirt hatte einen Felsen auf der Vorderseite und darunter die Worte ZOOM! erinnerte sie an die gleichnamige Fernsehsendung. Der Junge/Mann hatte eine goldene Bräune im Gesicht und an den Armen. Er trug eine schwarze Jeans und Läufer.

Die Dunkelheit kam und sie wünschte sich, dass ihre Mutter zurückkehren und sie wieder nach Hause bringen würde. Bis dahin wünschte sie sich, dass der Junge/Mann etwas, irgendetwas zu ihr sagen würde.

Auch wenn sie nicht mit Fremden sprechen sollte, würde der Klang einer fremden Stimme sie trösten, wenn sie sich so fühlte. Obwohl man dem Jungen/Mann höchstwahrscheinlich dasselbe gesagt hatte: Sprich nicht mit Fremden.

Die andere Sache war, dass sie wahrscheinlich weinen würde, wenn er mit ihr sprechen würde. Sie wollte nicht, dass er sie für ein Baby hielt, denn dann würde er die Polizei rufen und herausfinden, dass ihre Mutter nicht zum ersten Mal vergessen hatte, sie abzuholen.

Sie hob ihr Buch auf und benutzte es als Wand, damit der Junge/Mann ihre Tränen nicht sehen konnte.

KAPITEL 6

BENJAMIN

ER GING AN IHR vorbei, um zu sehen, ob sie mit ihm sprechen würde. Sie hatte kein Wort gesagt, aber sie sah so traurig aus, dann versteckte sie sich hinter ihrem Buch. Er ging weiter und versteckte sich hinter ihr im Gebüsch, um sie unbemerkt im Auge behalten zu können.

Einmal, so erinnerte er sich, als er und die anderen Kinder draußen spielten, war ein Mann vorbeigegangen. Er hielt an und sprach mit einem der Mädchen, dann kam er mit seinem Auto zurück und versuchte, sie ins Haus zu locken. Benjamin rannte los und erzählte ihren Pflegeeltern, was passiert war. Er merkte sich sogar das Nummernschild, damit sie es der Polizei melden konnten.

Es war eines der wenigen Male, dass sie auf ihn hörten und er und die anderen Kinder durften nicht mehr im Vorgarten spielen.

Das kleine Mädchen befand sich in einer schrecklichen Situation und bald würde es noch schlimmer werden, wenn es ganz dunkel war. Ja, es gab eine Straßenlaterne in der Nähe der Bank, aber das machte sie nur noch verwundbarer. Sie war so auffällig wie ein Leuchtturm in einem Sturm.

Er strich mit der Hand über den immergrünen Busch. Der süße Geruch von Weihnachten weckte Erinnerungen an vergangene Zeiten. Wie das erste Weihnachten bei Abe und El. Sie hatten ihm mehr Geschenke gemacht, als er in all seinen Jahren zusammen bekommen hatte.

Er schüttelte den Kopf und fragte sich, ob er die Polizei rufen sollte? Nein, er würde noch ein bisschen warten. Er wollte sich irren. Er wollte, dass ihre Mutter zurückkam und sie abholte. Er beschloss, ihr noch ein wenig Zeit zu geben.

Er teilte die Äste, ihre kratzigen Nadeln juckten ihn.

Benjamins Mutter und Vater hätten ihn nie so allein gelassen. Nicht absichtlich. Sie starben, als er noch ein Junge war, und machten ihn zu einem Waisenkind - ohne eigenes Verschulden. Unfälle passieren, ja, er wusste über Unfälle Bescheid. Ein Unfall würde alles erklären.

Dem kleinen Mädchen war kalt und sie zitterte, als die Sonne immer tiefer am Horizont stand.

Da er keinen Mantel hatte, konnte er ihr nur ein freundliches Gesicht anbieten, aber zuerst musste er sich einen Plan A ausdenken, und wenn er den fest im Kopf hatte, brauchte er einen Plan B.

Sie hockte sich hinter die Büsche, um nachzudenken.

KAPITEL 7

KATIE

WHOOSH, WHOOSH, HÖRTE SIE, wie der Wind an den Bäumen kitzelte, als der Tag zur Nacht wurde. Sie hörte Geräusche hinter sich, aber sie hatte Angst, sich umzudrehen. Stattdessen ergriff sie die andere Hand der Puppe und drückte beide an ihre Brust.

Sie erinnerte sich an das eine Mal, als ihre Mutter ihr eine Lektion erteilen wollte. Sie waren im Kino gewesen. Sie sagte, sie würde mehr Popcorn kaufen.

"Sprich mit niemandem und dreh dich nicht um."

"Okay, Mami."

Was Katie nicht wusste, war, dass ihre Mutter sie von der letzten Reihe aus beobachtete. Sie und ein anderer Mann, nicht Mark, warteten, bis sie sich umdrehte.

"Ha!", schimpfte ihre Mutter.

"Ach, lass sie in Ruhe", hatte das Date ihrer Mutter gesagt, als Katie in Tränen ausbrach.

Später verließ er das Theater und sie mussten ein Taxi nach Hause nehmen.

Katies Mutter versprach, das Spiel nie wieder zu spielen. Sie schlang ihre Arme um sich.

KAPITEL 8

BENJAMIN

NACHDEM ER PLAN A und B in seinem Kopf ausgearbeitet hatte, überlegte er, was er sagen würde. "Alles wird gut", flüsterte er vor sich hin. Nein, das klang kitschig. "Ich bringe dich an einen sicheren Ort", flüsterte er, würde ihr das Angst machen? Immerhin war er ein Fremder. Es war eine heikle Situation und er wollte nicht das Falsche sagen.

Gleichzeitig musste er aber auch an seine eigene Sicherheit denken. Er war ein Teenager, der noch spät unterwegs war, in einem öffentlichen Park. Er beobachtete ein kleines Mädchen und passte auf, dass ihr nichts passierte. Für andere könnte seine Anwesenheit falsch verstanden werden.

Ganz zu schweigen davon, dass Jungen, die sich allein auf öffentlichen Plätzen aufhalten, in alle möglichen Situationen geraten können. Vor allem, wenn Rudel Jungs auftauchen und sich auf ihn stürzen oder eine Schlägerei anzetteln wollen.

Vor langer Zeit war er einmal von einer solchen Meute verfolgt worden und konnte nur entkommen, weil er schneller rannte. Wenn er jetzt nur daran dachte, kam der ganze Schrecken zurück. Er schlang seine Arme um sich.

Er setzte sich ein Zeitlimit. Wenn in weiteren dreißig Minuten niemand kommt, um sie abzuholen", flüsterte er, "dann werde ich mit ihr sprechen.

Als die dreißig Minuten um waren, ging er die Pläne durch. Plan A: Er würde ihr seine Hilfe anbieten und sie nach Hause begleiten. Plan B: Wenn sie ihre Adresse nicht wusste, würde er ihr anbieten, sie zur Polizeiwache zu bringen. So oder so würde er das Hafenviertel nicht verlassen, bis dieses arme, kleine, verlassene Kind irgendwo in Sicherheit war.

KAPITEL 9

KATIE

SIE SETZTE SICH AUFRECHT hin, alarmiert durch Schritte in der Ferne. Hohe Absätze. Ihr Herz schwoll an. Endlich kam ihre Mutter zurück, um sie abzuholen!

Sie hob die Puppe hoch und schaute zu der Straßenlaterne über ihr hinauf. Sie stellte sich vor, dass das Licht auf sie herabströmte und sie wärmte. Sie wünschte, sie hätte schon früher daran gedacht, denn jetzt war ihr nicht mehr kalt. Die Vorstellungskraft war eine magische Sache; man konnte schlechte Dinge immer wegdenken.

Sie erinnerte sich an die anderen Male, als ihre Mutter sie verlassen hatte. Einmal war sie am Ende des Tages als einziges Kind in der Schule geblieben. Eine Lehrerin bemerkte das und brachte sie zum Direktor, als ob sie selbst etwas falsch gemacht hätte. Das hatte sie aber nicht.

Als ihre Mutter sie später abholte, schimpfte der Rektor.

Bei anderen Gelegenheiten hatte ihre Mutter sie für längere Zeit bei Leuten gelassen, die sie kannte. Dieses Mal war es anders. Sie war ganz allein.

Die hohen Absätze kamen näher.

KAPITEL 10

BENJAMIN UND KATIE

BENJAMIN RASCHELTE IN DEM immergrünen Strauch und beobachtete das kleine Mädchen. Für ihn war sie wie eine kleine Schwester, auch wenn sie sich noch nie gesehen hatten. Er war weiser als sein Alter. Im Pflegesystem musste er andere beschützen. Ein oder zwei Mal musste er sich selbst in Gefahr bringen, weil niemand auf ihn hören wollte. Er schaute auf sein Handy und holte tief Luft. Die zweite dreißigminütige Frist war vorbei. Dann würde er zu ihr gehen.

Die Absätze klackten auf dem Bürgersteig.

Er steckte seinen Kopf aus dem Gebüsch und winkte einen Ast weg. Er wollte das lang ersehnte glückliche Wiedersehen sehen. Diese Frau war nicht die Mutter. Sie ging weiter.

Er seufzte.

Bis die Frau sich umdrehte und auf das kleine Mädchen auf der Bank zuging. Sie beugte sich hinunter und flüsterte etwas.

"Es tut mir leid, aber ich darf nicht mit Fremden sprechen", sagte Katie und lehnte sich zurück.

Die Frau roch, als hätte sie in dem stinkenden Rotwein gebadet, den Mami und Mark in schicken Gläsern tranken. Sie stopfte sich mit den Fingern die Nase.

"Mein Name ist Jenny", sagte sie. "Und wie heißt du?"

Sie sprach nicht, sondern hielt sich weiterhin die Nase zu, um den Geruch abzuwehren.

"Du bist zu jung, um hier draußen allein zu sein. Wo sind deine Eltern?" Die Frau sah sich um und flüsterte: "Komm und sag mir deinen Namen, dann sind wir keine Fremden mehr."

Benjamin hörte gar nichts, bis die Frau sagte: "Steh auf!"

Und blitzschnell war er da, als hätte man eine Granate fallen lassen.

Die Frau namens Jenny streckte ihre Hand aus und wollte Katie zwingen, sie zu nehmen, aber sie hielt sich immer noch mit einer Hand die Nase zu und mit der anderen ihre Puppe fest.

"Da bist du ja!", sagte er und wedelte mit dem Zeigefinger mit ihr. "Ich habe dir gesagt, du sollst bis zehn zählen und dann zu mir kommen!"

"Ich", sagte sie, "es tut mir leid."

"Tut", sagte die Frau namens Jenny, während sie in ihrer Handtasche kramte und ihr Handy herauszog. Sie hielt es an ihr Ohr, begann zu sprechen und ging weg. In der Dunkelheit hallte das Klicken ihrer Schuhe wider.

"Darf ich hier mit dir warten?", fragte er. Sie nickte und er setzte sich neben sie auf die Bank. Als

das Klicken der Absätze nicht mehr zu hören war, sagte er: "PU, jetzt weiß ich, warum du dir die Nase zugehalten hast!"

"Der Geruch ist schlimm, aber er schmeckt noch schlimmer."

"Hast du schon mal Wein probiert?", fragte er.

"Einmal, das ist ein Geheimnis. Mami weiß es nicht."

"Dein Geheimnis ist bei mir sicher", sagte er. "Soll ich dich nach Hause begleiten?"

"Ich warte auf meine Mami. Sie sollte mich bald abholen kommen." Ihre Stimme schwankte und sie schaute auf ihre Füße.

"Gibt es jemanden, den ich anrufen kann, um dich abzuholen? Überhaupt jemanden?"

"Nein. Mami kommt immer."

"Dann macht es dir nichts aus, wenn ich hier mit dir warte?"

"Wie du willst", sagte Katie.

Das Trio setzte sich zusammen auf die Parkbank. Ein blondes kleines Mädchen mit einer Puppe, die ihr ähnlich sieht, und ein dunkelhaariger Teenager.

"Wie heißt du?", fragte sie. "Ich heiße Katie."

"Ich bin Benjamin, aber du kannst mich Benji nennen, wenn du willst."

"Ich habe mal einen Film mit einem kleinen Hund namens Benji gesehen. Er sah genauso schmuddelig aus wie du."

Er bürstete sich mit den Fingern durch die Haare.

"Oh, das wollte ich nicht", sagte sie. "Ich meine, du siehst gar nicht so ungepflegt aus."

Er lachte und sie tat es auch. Eine Weile hörten sie den Wellen zu, die gegen die Felsen schlugen, und beobachteten die Sterne, die am Himmel über ihnen tanzten.

Sie fröstelte.

"Oh, du bist kalt. Ich wünschte, ich hätte einen Mantel für dich."

"Das macht nichts, es ist der Gedanke, der zählt."

"Du hast Recht, es ist der Gedanke, aber es sind auch die Handlungen und Absichten hinter den Gedanken, die sie inspiriert haben. Was ich meine, ist, dass man es durchzieht. Verstehst du, worauf ich hinaus will?" Sie nickte.

Sie saßen ein paar Augenblicke lang still beieinander, bevor Benjamin wieder sprach.

"Wusstest du, dass du das Gegenteil von dem denken kannst, was du fühlst, und damit alles verändern kannst?"

"Ich weiß, dass Einbildung Macht ist", sagte sie mit einer hochgezogenen Augenbraue. "Aber wie?"

"Ah, du bist ein Skeptiker?"

"Bin ich das?", zögerte sie. "Was bin ich?"

"Eine Skeptikerin ist eine Person, die nicht glaubt, was sie gehört hat - es sei denn, sie hat Beweise. Willst du, dass ich dir zeige, wie du alles ändern kannst?"

Sie grinste: "Ja, bitte!"

Er begann: "Wenn mir kalt ist, singe ich in meinem Kopf ein Lied, das das Gegenteil von kalt ist..."

"Du meinst warm?"

Er nickte.

"Ich kenne keine warmen Lieder."

"Wenn du kein warmes Lied kennst, erfindest du so eins:
Heute ist es lächerlich heiß draußen,
Mein Eis schmilzt.
Wenn die Sonne auf mich scheint
Wie die Sonne auf mich herabscheint.
Die Schokolade, wenn sie schmilzt.
Schmeckt sie noch besser
Wenn die Sonne auf mich scheint
Mit der Sonne, die so warm scheint."

"Ich kenne die Melodie, aber sie hat einen anderen Text", sagte sie.

"Ah, du hast erkannt, dass ich meinen Text für Frère Jacques singe."

"Das ist sehr clever", sagte sie.

"Fühlst du dich jetzt wärmer?"

Sie hatte aufgehört zu zittern und die Gänsehaut auf ihren Armen war verschwunden. "Es funktioniert!"

Sie sangen das Lied gemeinsam weiter, nach der Melodie von Frère Jacques. Als sie über Essen sangen, bekamen sie bald beide Hunger.

"Kannst du pfeifen?", fragte er.

Sie schaute auf ihre Füße. "Nein, aber ich muss es auch nicht können - nicht, wenn ich den Text kenne."

"Stimmt", sagte er.

Sie schauten wieder in den Himmel. Als sie den Mann im Mond fand, tat sie so, als würde sie

ein Stück Käse von seinem Gesicht abzubrechen. Sie bot Benji zuerst einen Bissen an.

"Das ist der beste Käse, den ich je probiert habe."

Sie nahm einen weiteren Bissen: "Ich bin so satt", sagte sie mit einem Seufzer."

Sie waren eine Weile still.

"Wie weit entfernt wohnst du?"

"Es ist nicht weit, aber mit diesen Sandalen - sie drücken - kommt es mir so vor. Außerdem habe ich keinen Schlüssel."

"Oh ja, ich sehe, deine Knöchel sehen rot aus."

"Außerdem hat meine Mami gesagt, dass ich mich nicht von der Stelle rühren soll."

Er verschränkte die Arme. "Okay, wir werden warten, aber es ist nicht sicher für uns, hier länger zu bleiben."

"Was ist mit deiner Mama und deinem Papa?", fragte sie, als sie die Kälte wieder spürte und das sonnige Lied in ihrem Kopf sang.

"Sie sind im Himmel."

"Es tut mir leid", sagte sie und tätschelte seine Hand.

"Schon gut, es ist vor Jahren passiert." Er war still und sang das sonnige Lied in seinem Kopf. "Ich habe eine Idee. Du könntest zu mir nach Hause kommen. Du könntest im Bett schlafen und ich in dem großen, bequemen Sessel. Wir könnten morgen früh zurückkommen und dann auf deine Mutter warten."

"Wenn meine Mama zurückkommt und ich mich auch nur einen Zentimeter bewegt habe, wird sie böse sein."

"Ich werde ihr alles erklären. Sie würde wollen, dass du in Sicherheit bist. Bei mir wirst du sicher sein."

"Oh", sagte sie und schaute sich um. "Es ist dunkel."

"Ja, und wenn es spät und dunkel ist - nun, dann kann man zur falschen Zeit am falschen Ort sein. Schreckliche Dinge können passieren."

Sie verschränkte die Arme, da ihr jetzt wieder kalt war.

"Ich will dich nicht erschrecken, aber ich glaube, ich sollte dich nach Hause bringen. Vielleicht wartet deine Mami dort schon auf dich."

"Das glaube ich nicht, aber..."

"Es ist einen Versuch wert", sagte er. "Mal sehen, was deine Puppe davon hält." Er ging ein paar Schritte und beugte sich vor, als ob die Puppe ihm ins Ohr flüstern würde. "Oh ja", sagte er. "Ich weiß, aber die Mami deines Freundes würde es sicher verstehen. Hmm. Ja."

"Was sagt sie denn?"

"Sie will auch nach Hause gehen. Es war ein furchtbar langer Tag." Dann zur Puppe: "Aber Katies Füße tun wirklich weh, wir müssten dich hier lassen, damit ich sie huckepack nach Hause tragen kann."

"Wir können sie nicht hier lassen. Sie ist meine beste Freundin."

"Und ein guter Freund ist sie auch, wenn sie dir den ganzen Tag Gesellschaft leistet."

Er schaute auf sein Handy, der Akku würde bald leer sein. Er konnte sie und die Puppe nicht auf seinem Rücken tragen. Sollte er den Notruf wählen und die Polizei rufen, um sie abzuholen? Zu Fuß zur Polizeiwache zu gehen war eine Möglichkeit, aber das war ein weiter Weg.

"Kennst du den Weg zu deinem Haus?"

"Ich glaube schon."

"Okay, Katie, ich schlage Plan A vor."

"Was ist das, Plan A?"

"Plan A ist, dass ich dich im Huckepack nach Hause bringe, damit du nicht laufen musst und dir die Füße noch mehr wehtun. Wenn deine Mami zu Hause ist, komme ich zurück und bringe dir deine Puppe. Ist das in Ordnung für dich?"

"Ja, ich mag Plan A."

"Jetzt Plan B", sagte er. "Wenn du einen Plan A hast, solltest du auch immer einen Plan B haben."

Sie verschränkte ihre Arme und nickte.

"Plan B, nur wenn deine Mami nicht zu Hause ist, könnte in die eine oder andere Richtung gehen."

"Welcher Weg wird mir am besten gefallen?", fragte sie und wartete dann auf seine Antwort.

Er überlegte sich die Optionen. Sollte er die Polizei anrufen oder sie nach Hause bringen und morgen früh wiederkommen? Er erklärte es ihr.

"Wie auch immer, ich muss meine Puppe hier lassen, oder?"

"Wie wäre es, wenn wir sie dort drüben im immergrünen Strauch verstecken? Dann ist es so, als würde sie unter dem Weihnachtsbaum auf dich warten! Dann können wir sie morgen früh wieder abholen. Dann riecht sie nach Weihnachten und kann dir alles über ihr Abenteuer erzählen."

Sie beugte sich vor und die Puppe flüsterte etwas. "Okay", sagte sie.

Ein Teil von ihm hoffte, dass ihre Mutter zu Hause sein würde. Der andere machte sich Sorgen, sie bei einer Mutter zu lassen

Mutter zu lassen, die sich nicht die Mühe machte, sie abzuholen. Er hörte El's Stimme in seinem Kopf. 'Urteile nicht', würde sie sagen. Wie immer würde El - so hoffte er - Recht behalten.

El war mit Abe verheiratet. Sie waren seine Erziehungsberechtigten, seine Vermieter und seine Arbeitgeber. Seit er die Highschool abgebrochen hatte, verbrachte er die meiste Zeit mit ihnen und wusste, dass sie ihn verstehen und ihm helfen würden.

Benjamin streckte seinen Arm aus und verbeugte sich vor ihr. "Mylady, seid Ihr bereit, nach Hause gebracht zu werden?"

"Ich habe etwas vergessen", sagte sie und zog einen Schmollmund.

Seine Augenbrauen wölbten sich. "Was hast du vergessen?"

"Ich soll nicht mit Fremden reden."

"Ja, nun, wir sind keine Fremden mehr. Du kennst meinen Namen und ich kenne deinen Namen, und ich freue mich, dir anbieten zu können, dich in dein bescheidenes Zuhause zurückzubringen." Er ging auf ein Knie nieder.

"Steh auf!", befahl sie kichernd, als sie auf der Bank stand. Benji drehte sich um, und sie warf ihre Arme um seinen Hals und schon waren sie unterwegs.

"Warte einen Moment", befahl sie und zeigte auf die Puppe.

"Ups", sagte Benji und hob die Puppe auf. Er versteckte sie unter den immergrünen Büschen.

"Du hast Recht", sagte Katie. "Hier riecht es wirklich nach Weihnachten."

"Bist du jetzt bereit zu gehen?"

Nachdem sie ihm gesagt hatte, was es war, tippte Benjamin Katies Adresse in sein Handy.

Sie kicherte. "Darf ich dich etwas fragen?"

"Nein, schieß los."

"Es ist etwas Persönliches, über deine Mami und deinen Daddy."

"Es macht mir nichts aus, es ist schon lange her. Frag ruhig."

"Mama sagt immer, ich soll nicht zu persönlich werden."

"Ich habe kein Problem damit."

"Hast du mit ihnen gesprochen?"

Er war überrascht. Diese Frage hatte ihm noch nie jemand gestellt. "Nein", antwortete er.

"Niemals?"

"Nein."

"Dreh dich noch mal um." Er drehte sich um. "Glaubst du nicht, dass sie ohne dich einsam sind?"

"Ich", er wusste nicht, wie er antworten sollte, also schwieg er ein paar Minuten lang. "Sie haben mich allein gelassen. Es war ein Unfall, aber..."

"Du sprichst nicht mit ihnen, weil du denkst, dass der Unfall ihre Schuld war?" Sie drückte sich noch fester an ihn und lehnte ihren Kopf an seine Schulter.

"Ich bin nicht wütend auf sie. Sie haben mich nicht mit Absicht verlassen, aber ja, ich bin wütend."

"Auf Gott?"

"Ich war auf alle wütend, dann traf ich den Julius. Sie nahmen mich auf und gaben mir ein Zuhause. Sie halfen mir, ein neues Leben aufzubauen. Um wieder Teil einer Familie zu sein. Sie sagten sogar, es sei okay zu weinen. Als Junge war ich es nicht gewohnt, dass das in Ordnung ist. Du bist ein kleines Mädchen, also sollte ich meine Probleme nicht auf dich abwälzen. Ich denke, wir sollten über etwas anderes reden."

Der kleine Engel sagte ein paar Minuten lang nichts. Sie war fest eingeschlafen.

Er fand bald heraus, dass sie mit der Entfernung recht hatte. Es war gar nicht so weit gewesen.

Das erste, was ihm sofort auffiel, war, dass ihr Haus in völliger Dunkelheit lag. Er hatte gehofft, wenigstens das Licht auf der Veranda zu sehen, um das Kind zu begrüßen. Stattdessen war es auch hier stockdunkel und es fiel ihm schwer

die Türklingel zu finden. Er läutete ein paar Mal, aber es kam, wie erwartet, keine Antwort.

Er trat zurück und ließ seinen Blick über die umliegenden Häuser auf beiden Seiten der Straße schweifen. Auch sie waren alle in Dunkelheit gehüllt, obwohl er für eine Sekunde glaubte, einen Vorhang im obersten Stockwerk des Hauses auf der anderen

Straßenseite zu sehen. Da er keine andere Wahl hatte, ging er den Weg zurück, den er gekommen war.

Die kleine Katie war nicht schwer, aber sie würde mit der Zeit immer schwerer werden und bis zu seiner Wohnung war es noch ein langer Weg. Er war sehr froh, dass er nicht zugestimmt hatte, die Puppe mitzuschleppen. Er hoffte, dass sie dort, wo sie war, sicher genug sein würde.

Sie hob den Kopf: "Hast du es bemerkt?"

"Was?"

"Manchmal bewegt sich der Vorhang auf der anderen Straßenseite. Mami sagt, wir haben einen neugierigen Nachbarn."

"Oh, ich habe nichts bemerkt. Sind das aber nette Nachbarn?"

"Ich weiß es nicht. Mama sagt immer, ich soll nicht mit Fremden reden."

"Auch mit deinen Nachbarn?"

"Ja, besonders mit unseren neugierigen Nachbarn."

"Okay, Katie, ich glaube, wir haben jetzt einen Plan B." Sie gähnte. "Plan B."

"Ja, Mylady", sagte er und beschleunigte das Tempo. Sie schnarchte an seiner Schulter, als eine Sirene losging. Er schloss die Augen, als der Wind Staub und Papierschnipsel aufwirbelte. In der Ferne bellte ein Hund.

Sie hob den Kopf, als sie an der Haustür von Julius ankamen. "Wir sind da", sagte er, "aber pssst, El und Abe schlafen. Meine Wohnung ist gleich da oben." Er zeigte die Treppe hinauf. Als sie oben ankamen, schnarchte sie laut. Er zog ihr die drückenden Sandalen aus und legte sie dann ins Bett.

Sie war noch im Halbschlaf. "Ich muss pinkeln", sagte sie.

Er zeigte ihr, wo das Bad war, und ging dann in die Küchenzeile, wo er ihnen getoastete Käsesandwiches und heißen Kakao zubereitete.

"Wo bist du, Benji?", fragte sie, als sie aus dem Bad kam.

"Gleich hier", sagte Benjamin und trug die Sandwiches und den Kakao auf einem Tablett.

Nachdem sie gegessen hatte, gähnte Katie das größte und breiteste Gähnen und legte sich zum Schlafen hin. Er deckte sie zu und bemerkte, dass sie bereits fest schlief.

Er zog seine Schuhe und Socken aus und warf eine Decke über sich auf den bequemen Stuhl. Auch er schlief im Handumdrehen ein.

KAPITEL 11

BENJAMIN UND ABE

AM MORGEN, ALS DER erste Lichtstrahl durch die Vorhänge fiel, wachte Benjamin auf. Er streckte sich und vergaß für einen Moment, warum er auf dem bequemen Sessel schlief. Die Decke rollte von ihm herunter und landete in einem Klumpen auf dem Boden. Er stand auf, und obwohl er ein junger Mann war, schmerzte sein Körper. Er würde den Sessel umbenennen müssen, da er ihn nicht mehr als bequemen Sessel betrachtete.

Er schüttelte die Schmerzen ab und dann fiel sein Blick auf Katie. Er flüsterte ihren Namen, obwohl sie vor sich hin schnarchte. Als ob sie wüsste, dass er an sie dachte, hob sie ihre Hand. Er dachte, dass sie wohl von der Schule träumte. Sie murmelte etwas Unverständliches, ließ ihre Hand sinken, drehte sich zum Fenster und schlief wieder ein.

Benjamin ließ sie weiterschlafen und ließ die Tür einen Spalt offen, damit er sie hören konnte, falls sie aufwachte.

Als er sich von der Tür entfernte, fragte er sich, ob sie ein Kind war, das - wie er - Angst bekam, wenn es an einem unbekannten Ort aufwachte. Da sie erwähnt hatte, dass ihre Mutter sie oft bei anderen gelassen hatte, aber immer zu ihr zurückkam, wollte er lieber auf Nummer sicher gehen.

Im Badezimmer machte er sich frisch, dann setzte er den Wasserkocher in seiner Küchenzeile auf. Er sehnte sich nach einer heißen, süßen Tasse Tee und etwas gebuttertem Toast.

Während er wartete, dachte er über Familien nach und darüber, dass Katies Fragen einige ungelöste Probleme in seinem Kopf aufgewühlt hatten.

Seine Eltern waren gestorben und hatten ihn als Waise zurückgelassen. Er merkte, dass er ihnen die Schuld dafür gab, dass sie ihn verlassen hatten, obwohl es nicht ihre Schuld war. Da er keine anderen Blutsverwandten hatte, kam er ins Pflegesystem. Er hatte

Er hatte sich in diesem System abgeschottet, nachdem er das erste Mal in einem missbräuchlichen Heim untergebracht worden war.

Nach dieser Erfahrung war er von einem trauernden Kind zu einem verängstigten Kind geworden. Anstatt ihn in ein sicheres Heim zu bringen, brachten sie ihn in ein noch schlimmeres Heim. Und dann in ein anderes und noch ein anderes. Damals dachte er, er hätte das Pech verdient, aber jetzt wusste er, dass er dort hätte beschützt werden müssen. Stattdessen hatte er niemanden, dem er vertrauen konnte, und er ging in den Kampf- oder Fluchtmodus. Da er zu klein war, um sich gegen all die Erwachsenen und anderen Kinder in den Heimen zu wehren, tat er Letzteres. Vielleicht hatte er deshalb nach so vielen Jahren das Bedürfnis, seinen Eltern die Schuld zu geben, weil er jemand anderem als sich selbst die Schuld geben musste.

Nachdem er weggelaufen war, holten sie ihn ein und steckten ihn wieder in ein Heim, wo er sowohl körperlich als auch seelisch missbraucht wurde. In manchen Fällen zog er die körperliche Misshandlung der psychischen vor.

Und wieder rannte er davon, weil er nie wieder jemandem vertrauen wollte.

Dann traf er rein zufällig auf El und Abe. Sie machten einen Abendspaziergang und hielten sich an den Händen. Sie waren alt, vielleicht doppelt so alt wie seine Eltern. Als er ihnen sein Herz öffnete, umarmte El ihn. Sie fütterte ihn. Abe hörte zu. El lud ihn ein, mitzukommen und in ihrem Gästezimmer zu schlafen. Seitdem hat er das Haus nicht mehr verlassen, außer als er aus dem Gästezimmer in seine eigene Wohnung zog. Das war an seinem dreizehnten Geburtstag.

Als er seinen Tee umrührte und Zucker hinzufügte, dachte er an Katies Mutter. War sie zurückgekehrt? Würde sie noch da sein, wenn Katie aufwachte? Er hoffte, dass sie es war. Er hoffte, dass sie so froh sein würde, dass ihre Tochter in Sicherheit war. So glücklich und so erleichtert, dass sie sie nie wieder im Stich lassen würde. Aber schlechte Eltern waren immer schlechte Eltern. Leoparden ändern ihre Flecken nicht.

Er stellte sich vor, wie Katies Mutter die im Gebüsch versteckte Puppe fand. Würde sie in Panik geraten und die Polizei rufen? Seine Fingerabdrücke würden überall zu sehen sein. Trotzdem würde er würde er nichts ändern, selbst wenn er es könnte, denn er wollte ihr einfach nur helfen.

Mit seiner Tasse in der Hand ging er auf und ab. Vielleicht hätte er das Kind auf die Polizeiwache bringen sollen. Jetzt könnte er sich in Schwierigkeiten befinden. Selbst wenn Teenager die Wahrheit sagten und reinen Tisch machten - Erwachsene glaubten ihnen nicht. Nicht, wenn ein anderer Erwachsener dabei war.

Er nahm noch einen Schluck, als jemand an seine Wohnungstür klopfte. Es war Mr. Julius, Abe, sein Vormund, Vermieter und Chef. "Komm mit, pssst", sagte er und Abe folgte ihm die Treppe hinauf in seine Wohnung. Benjamin zeigte Abe einen kurzen Blick auf die schlafende

Katie. Da sie die Decke weggeschlagen hatte, ging er auf Zehenspitzen hinein und legte sie wieder über sie. Schweigend gingen sie zurück in die Küche.

"Wer ist sie?" fragte Abe.

Benjamin zögerte, weil er nicht wusste, wo er anfangen sollte. "Ihr Name ist Katie und ihre Mutter hat sie gestern nicht

vom Hafen abgeholt. Ich wusste nicht, was ich sonst tun sollte, also habe ich sie hierher gebracht."

Abe sagte Benjamin, er hätte sie direkt zur Polizei bringen sollen.

Benjamin schüttelte den Kopf. "Sie war zu müde und verängstigt." Er stand auf und steckte sein aufladendes Telefon aus: "Ich kann sie jetzt anrufen."

"Warte", sagte Abe. "Lass uns darüber nachdenken, jetzt wo sie hier ist." Sie nippten schweigend an ihrem Tee. "Du hast das Richtige getan. Ich bin stolz auf dich."

"Katie und ich haben gestern Abend darüber gesprochen, sie mit aufs Revier zu nehmen. Wir haben beschlossen, zu warten und ihrer Mutter heute Morgen noch eine Chance zu geben. Außerdem haben wir ihre Puppe dort gelassen. Sie ist lebensgroß, eine von den Weihnachtsimporten, die du verkaufst."

Abe lächelte. "Ach wirklich? Ich kann mich nicht an sie erinnern, aber El vielleicht schon. Ich bin mir aber sicher, dass wir nicht das einzige Geschäft sind, das diese Puppen verkauft."

"Stimmt", sagte Benjamin. "Noch Tee?"

Abe nickte nach einem Moment des Schweigens. "Ich denke, jede Mutter verdient eine zweite Chance, aber wenn sie heute Morgen nicht auftaucht, rufe ich die Polizei."

Benjamin füllte mehr Tee in Abes Tasse. Er zögerte, dann flüsterte er. "Wenn Katies Mutter sie als vermisst gemeldet hat, nachdem ich sie hierher gebracht habe, werden sie nach mir suchen. Sie könnten mich sogar verhaften, wenn ich die Puppe abholen würde."

"Warte mal", sagte Abe. "Hat dich jemand gesehen?"

"Eine Frau, die versucht hat, Katie zu überreden, mit ihr zu gehen."

"Und sonst niemand?"

"Ein Beamter hat vorhin kurz mit ihr geplaudert, aber er ist nicht zurückgekommen. Er hat mich nicht mit ihr gesehen."

"Es ist sinnlos, sich Gedanken über die Möglichkeiten zu machen", sagte Abe. "Du kannst sie nicht die ganze Nacht dort lassen. Das ist Vernachlässigung, ganz zu schweigen von einem Verbrechen der Mutter. Wenn du das Kind ignorierst, bist du mitschuldig." Er nippte. "Obwohl du das Richtige getan hast, ist die Entführung des Kindes auch ein Verbrechen."

Benjamin schluckte: "Ich habe sie hierher gebracht, in Sicherheit."

Abe klopfte dem Teenager auf den Handrücken. "Ich weiß, und du weißt das auch, aber wird die Polizei deine Geschichte glauben?"

Benjamin zog seine Hand weg und stand auf. Er begann auf und ab zu gehen. "Wenn sie aufwacht, bringe ich sie direkt dorthin, wo ihre Mutter sie zurückgelassen hat. Ich werde es ihrer Mutter erklären. Sie wird es verstehen. Ich werde sie dazu bringen, es zu verstehen."

Abe stand ebenfalls auf. Er nahm seine Tasse und spülte sie aus. "Das wäre sehr mutig. Aber was ist, wenn die nachlässige Mutter dich beschuldigt, ihre Tochter entführt zu haben, um sich

aus der Patsche zu helfen? Ich meine, wenn sie sie tatsächlich als vermisst meldet. Hast du dir überlegt, was in diesem Fall passieren würde?"

Benjamin setzte sich hin und legte seine Hände auf beide Seiten seines Kopfes. "Was soll ich dann tun?"

"Geh zum Hafen und hol die Puppe ab. Wenn die Mutter dort ist, dann ist das ausgezeichnet, bring sie mit dir hierher zurück. Wenn nicht, komm zurück und lass mich das mit Sergeant Miller auf dem Revier klären. Du erinnerst dich an Alex Miller?"

"Ja. Danke, Abe."

"Du, wer?", rief El von unten.

"Sieh dir das an", sagte Benjamin, "komm mit nach oben." Als sie oben angekommen war, legte er den Finger an die Lippen: "Pssst." Sie nickte und sie schlichen auf Zehenspitzen in das Gästezimmer, wo Katie immer noch tief und fest schlief.

"Ein Kind. Was in aller Welt?"

"Keine Sorge, ich werde sie über die Details aufklären. In der Zwischenzeit", sagte Abe, "gehst du zum Hafen, während das Kind schläft. Wenn ihre Mutter nicht da ist, komm sofort zurück."

Benjamin nickte. "Danke, Abe und El. Ich gehe schon."

Abe erklärte seiner Frau alles. "Ich bin neugierig, ob die Mutter so etwas in der Vergangenheit schon einmal gemacht hat."

"Das habe ich mich auch schon gefragt", sagte El.

Währenddessen rannte Benjamin zum Ufer, wo er die Puppe abholte. Sein Telefon vibrierte.

"Irgendein Zeichen von der Mutter?" Abe schrieb eine SMS.

"Nein, aber ich habe die Puppe. Ich komme jetzt zurück."

Abe schickte ihm ein "Daumen hoch"-Emoji. Er sagte zu El: "Keine Spur von der Mutter des Kindes und ich muss mich auf die Öffnung des Ladens vorbereiten."

"Ich werde hier bei ihr bleiben", sagte El. Sie setzte sich auf den Stuhl, während Katie weiterschlief. Einige Zeit später ging El, um sich für ihre Schicht fertig zu machen.

KAPITEL 12

KATIE UND BENJAMIN

KATIE UND IHRE PUPPE saßen Seite an Seite auf einem riesigen Riesenrad, das sich immer weiter drehte. Oben angekommen, blieb es stehen, während ihre Beine über den Rand baumelten. Sie klammerte sich an der Stange fest. Eine Sekunde lang fühlte sie sich sicher und geborgen. Bis sich die Stange zwischen ihren Fingerspitzen auflöste und das Auto zu schaukeln begann. Rückwärts und vorwärts, dann zur Seite. In der Ferne heulte der Wind, dann heulte ein Hund. Die Puppe begann zu rutschen. Sie griff danach und der Wagen kippte um, und sie fielen.

Sie schrie!

In diesem Moment kam Benjamin zurück. Er rannte ins Zimmer. "Wach auf, Katie", sagte er. "Du hast einen Albtraum."

Als sie merkte, dass sie in Sicherheit war, warf Katie ihre Arme um ihn und hielt sich fest, so gut sie konnte. Als sich ihre Atmung verlangsamte, gähnte sie und sagte: "Ich bin am Verhungern!"

"Gut, denn du bist zum Frühstück mit Abe und El eingeladen, komm mit."

Sie verließen Benjamins Wohnung und betraten das Haus. In der Küche ließ Benjamin acht Eier in einen Topf mit kochendem Wasser plumpsen. Er bat Katie, den Toaster zu bedienen, da sie acht Scheiben brauchen würden.

"Ich liebe Toastsoldaten!" rief Katie aus. Als das Brot getoastet war, bestrich Benjamin es mit Butter. Er schnitt es in Streifen: die perfekte Größe, um es in das flüssige Eigelb zu tunken.

"Wovon hast du geträumt?" fragte Benjamin. "Manchmal ist es besser, einen schlechten Traum zu teilen. Wenn du es willst."

"Ich will nicht darüber nachdenken", sagte Katie und setzte sich an den Küchentisch.

Mrs. Julius, El, tauchte in der Küche auf. "Hallo", sagte sie und lächelte in ihre Richtung.

Katie schob ihren Stuhl zurück, lief zu El und schlang ihre Arme um die Taille der Fremden. Sie umarmte sie fest, als hätten sie sich schon einmal getroffen.

El tätschelte ihr lange den Kopf und kämpfte gegen die Tränen an, dann scheuchte er sie zum Tisch.

Benjamin sah zu und verstand, wie Katie sich fühlte. El hatte diese Art von Gesicht, diese Augen, aus denen Freundlichkeit und Sanftmut strömten. Er hatte sich sofort in sie verguckt und jetzt tat Katie das Gleiche.

"Ich bringe das besser in den Laden, damit Abe einen Snack bekommt", sagte El. "Du weißt, wie sehr er es hasst, allein im Laden zu arbeiten. Samstag ist unser arbeitsreichster Tag. Diese Leckerei wird eine willkommene Überraschung sein."

Benjamin brachte die Eier in Eierbechern an den Tisch.

El schloss die Tür hinter sich, als sie hinausging.

"Sie ist eine nette Dame, nicht wahr?"

Katie strahlte sowohl mit ihren Augen als auch mit ihrem Lächeln. "Ja, sie ist meine erste direkte Freundin."

Benjamin schüttelte den Kopf. "Sofortige Freundschaft - das ist neu für mich." Er berührte die Oberseite eines der Eier, die noch zu heiß waren, um sie aufzubrechen.

Katie atmete tief ein und schloss dann die Augen. Sie öffnete sie wieder. "Habe ich deine Gefühle verletzt? Weil du und ich nicht sofort Freunde waren?"

Benjamin lächelte. "Ganz und gar nicht." Er knackte das erste Ei auf. "Ich habe mich nur gewundert." Er gab ein wenig Butter und Salz auf das Ei, dann schlug er ein weiteres auf und tat dasselbe.

"Ich habe meine Oma nie getroffen. El sah aus wie die Oma in meinem Kopf - deshalb ist sie sofort eine Freundin."

"Das macht Sinn."

El kam zurück und die drei tauchten ihre Brotsoldaten in die flüssigen Eier.

"Du bist eine wirklich ausgezeichnete Köchin", sagte Katie.

Er lächelte, als sie abräumten und das schmutzige Geschirr in die Spülmaschine räumten. "Lasst uns aufbrechen. Vergiss nicht, wir haben noch einiges zu tun."

"Und Orte zu sehen", kicherte sie.

"Ich bin froh, dass du hier bist", sagte El.

***

BENJAMIN KÄMMTE KATIES HAARE, die nach Honig und Zimt rochen.

"Ich wette, meine Mami sucht nach mir. Können wir jetzt am Wasser nach ihr suchen?"

Mit einem Lächeln ging Benjamin aus dem Zimmer und fragte: "Hast du nicht jemanden vergessen?" Ein paar Sekunden später kam er zurück und versteckte etwas hinter seinem Rücken. "Voila!", rief er aus, als er Katie die Puppe zeigte.

Sie warf ihre Arme um ihren Hals und flüsterte, wie sehr sie ihren Zwilling vermisst hatte. Benjamin hatte Recht, ihre Puppe roch tatsächlich wie der Weihnachtsmorgen, und das war auch gut so. Was nicht so gut war, war, dass sie sich an manchen Stellen ein bisschen feucht anfühlte. Sie verzog das Gesicht.

"Ah, du hast gemerkt, dass sie ein bisschen feucht ist", sagte Benjamin. "Bring sie hier in die Nähe des Lüftungsschachts, dann ist sie im Handumdrehen wieder fit."

Gemeinsam stellten sie die Puppe in die Nähe der Heizung, dann schlug Benjamin vor. "Wie wäre es, wenn du lernst, deine Zähne mit dem Finger zu putzen? Das heißt, bis wir dir eine Zahnbürste besorgen?"

Katie quietschte und hatte viel Spaß beim Lernen. Danach schnürte Benjamin ihr die Sandalen zu.

"Deine Mami war nicht da, als ich die Puppe heute Morgen am Wasser abgeholt habe."

Ihre Unterlippe klappte nach außen. Sie zitterte.

Er schaute auf seine Füße. "Mach dir keine Sorgen. Mr. Julius, ich meine Abe, hat einen Freund, der auf der Polizeiwache arbeitet."

"Oh, nein", sagte Katie.

"Was ist denn los?"

"Sie werden es herausfinden."

"Was herausfinden?"

"Das kann ich dir nicht sagen, aber ich will nicht, dass meine Mami in Schwierigkeiten gerät."

"Keine Sorge, Abes Freund ist ein netter Mann. Er wird wissen, wie er helfen kann. In der Zwischenzeit können du und ich heute mit El etwas unternehmen."

Das Kind nickte.

"Vielleicht lässt sie dich sogar im Laden helfen, wie ein großes Mädchen."

Katie lächelte. Für den Moment war sie von ihren Problemen abgelenkt.

KAPITEL 13

ABE UND SGT.. MILLER

ABE BAT SEINE FRAU, sich um den Laden zu kümmern, und war schon zu Fuß unterwegs zu seinem Freund auf dem Revier, Sergeant Alex Miller. Er hatte den Plan, ihn anzurufen, noch einmal überdacht. Ein persönlicher Besuch wäre besser, denn sie waren seit langem befreundet.

Als sie sich vor Jahren zum ersten Mal trafen, war Alex ein junger Offizier und ein Neuling. Abe hatte in seinem Laden gearbeitet, als zwei bewaffnete Männer hereinstürmten und das Bargeld aus der Kasse stahlen. Abe kam mit einem leichten Schlag auf den Kopf davon. Er war so dankbar, dass seine Frau an diesem Tag zu den Großhändlern gegangen war.

Nachdem er die Polizei kontaktiert hatte, schickte sie Alex zusammen mit einem älteren Beamten. Der ältere Beamte schlug vor, dass Abe jemanden einstellen sollte, der die Tür bewacht. Er sagte, dass es entweder das oder ein teures Sicherheitssystem bezahlen. Beides konnte sich Abe nicht leisten. Sie füllten einen Bericht aus und gingen, aber Alex kam zurück. Er bot an, gegen eine Gebühr zu arbeiten. Da er ein junger Beamter war, konnte man ihm nicht viele Stunden zur Verfügung stellen.

Abe stimmte zu, Alex zwei Stunden pro Tag zu bezahlen, und sie wurden Freunde. Ein paar Monate nach Beginn der Zusammenarbeit wurde in einen anderen Laden in derselben Straße wie Abes Geschäft eingebrochen. Alex verhaftete die beiden Täter im Alleingang. Später identifizierte Abe sie bei einer Gegenüberstellung, und die Verbrecher kamen ins Gefängnis.

Danach begann Alex, in der Rangliste aufzusteigen. Er und Abe blieben jedoch in Kontakt, und als Alex heiratete, waren er und El dabei. Als sie ihr erstes Kind bekamen, wurden er und El zur Taufe eingeladen. Ein kleines Mädchen, gefolgt von zwei Jungen - Zwillingen. Abe und El besuchten im Laufe der Jahre Weihnachten und Thanksgiving im Haus der Millers.

Als Benjamin in ihr Leben trat und Alex zum Sergeant befördert wurde, verloren sie den Kontakt zur Familie.

aber sie trafen sich immer noch ab und zu auf eine Tasse Kaffee.

Als er auf dem Polizeirevier ankam, fragte er an der Rezeption nach einem Termin bei Sergeant Miller, der ihm sagte, er sei nicht verfügbar. Abe saß eine Weile im Wartezimmer, bis er auf der anderen Seite des Raumes ein Plakat mit Fotos von Kindern entdeckte. Vermisste Kinder.

Nachdem er seine Brille geputzt hatte, schaute Abe sich das Foto genauer an. Keines der Kinder hatte langes blondes Haar. Als er sich vergewissert hatte, dass das Kind namens Katie nicht auf dem Plakat zu sehen war, setzte er sich wieder hin.

Sergeant Miller kam und die beiden Freunde schüttelten sich die Hände. Miller schlug vor, dass sie sich in einem Café in Laufnähe vom Bahnhof entfernen sollten. "Dort werden wir nicht gestört, und ich könnte eine Pause gebrauchen."

Sie setzten sich in einen Café-Stand und Abe fragte, wie es allen zu Hause gehe.

"Es ist schon eine Weile her, alter Freund, nicht wahr? Es geht ihnen gut, danke", sagte Miller. Er öffnete sein Handy und zeigte Abe ein kurzes Video von der Highschool-Abschlussfeier seiner Zwillinge. "Henry will Arzt werden", sagte Alex voller Stolz. "Jimmy will Anwalt werden." Er blätterte durch weitere Fotos und hielt dann inne. "Und Jenny, sie und Will haben uns gerade unser erstes Enkelkind geschenkt. Sie ist eine echte Schönheit." Er ließ das Foto offen, damit Abe es sich ansehen konnte, und machte sich wieder an die Zubereitung seines Kaffees, indem er zwei Cremes und einen Süßstoff hinzufügte.

"Ah, sie ist wirklich eine Süße. Ich gratuliere dir und deiner Frau, dass ihr zum ersten Mal Großeltern geworden seid." Er nippte an seinem Kaffee. "Oh, und Arzt ist ein angesehener Beruf und Jura auch. Beides sind sicherere Berufswahlen als dein Beruf." Er lachte, dann rührte er in seiner Tasse Kaffee.

"Das ist sicher", stimmte Alex zu, als er einen Schluck nahm. Der starke Kaffee brannte auf seiner Lippe, trotzdem nahm er noch einen Schluck.

"Die Welt wird immer gefährlicher", fuhr er fort, "und ich hoffe, dass ich mich irgendwann in nicht allzu ferner Zukunft zur Ruhe setzen kann. Außerdem will ich mir keine Sorgen machen, dass meine Söhne ihr Leben aufs Spiel setzen, wenn ich endlich die Füße hochlege und mich entspannen kann."

Die beiden Freunde nippten an ihrem Kaffee und taten ihre Donuts in den Kaffee.

"Also, was führt dich heute zu mir?" fragte Alex und schaute auf seine Uhr. "Ich hoffe, deine Frau macht dir keinen Ärger."

Abe lächelte. "Nein." Er zögerte. "Ich habe einen Freund."

"Oh, nein, nicht der "Ich habe einen Freund"-Gag."

Abe fuhr fort: "Ich habe einen Freund", lächelte er, "der ein bisschen Ärger hat."

"Erzähl mir mehr."

"Er hat gestern Abend ein Kind gefunden, das allein am Ufer saß. Es wurde von seiner Mutter im Stich gelassen. Er hat sie in Sicherheit gebracht."

"Dein Freund ist ein guter Bürger", sagte Alex. "Wie kann ich also in diesem Fall helfen?"

"Mein Freund fragt sich, ob er in Schwierigkeiten geraten könnte, weil er sich in die Situation eingemischt hat. Er ist minderjährig und das Kind war zu traumatisiert, um es auf die Polizeiwache zu bringen. Wenn mein Freund sich jetzt meldet, könnte er dann Ärger bekommen, weil er die Anzeige verzögert hat?"

Alex dachte darüber nach. "Wie gut kennst du diesen Jungen?"

Abe setzte sich aufrecht hin: "Du erinnerst dich an Benjamin?"

Alex trank seinen Kaffee aus. Die Kellnerin kam zurück und fragte, ob sie noch etwas wollten. Als sie alles bis auf die Rechnung ablehnten, räumte sie die Becher weg.

"Oh, ja, ich erinnere mich an ihn. Ein netter, wohlerzogener Junge, der zu schätzen weiß, wie glücklich er sich schätzen kann, ein Mitglied deiner Familie zu sein."

"Er war immer wie ein Sohn für uns", sagte Abe. "Apropos Familie und Kinder, ich habe mich etwas gefragt."

"Ich bin ganz Ohr."

"Ich habe neulich eine Sendung gesehen, Matlock, weißt du noch?"

"Ja, sie ist allerdings ein bisschen veraltet - vor allem seine weißen Anzüge." Miller lachte.

"Ja, ich erinnere mich noch an die Zeit, als sie beliebt waren - weiße Anzüge und Gamaschen. Ja, so alt bin ich."

Er lachte und fuhr dann fort. "In der Sendung hieß es, dass man sein Kind erst nach vierundzwanzig Stunden als vermisst melden kann. Wie du weißt, ist das eine amerikanische Sendung, aber ich habe mich gefragt, ob das hier auch so ist."

"In Kanada kann ein Kind jederzeit als vermisst gemeldet werden. Es gibt keine Wartezeit."

"Oh, das wusste ich nicht", sagte Abe. "Interessant."

"Die meisten Leute denken, es sind vierundzwanzig Stunden", sagte Alex. "Diese Fehlinformation ist auf Wiederholungen und Fake News zurückzuführen."

Abe lachte. "Hat denn jemand ein Kind als vermisst gemeldet, ich meine hier in der Stadt seit gestern?"

"Nicht, dass ich wüsste", sagte Alex. "Könnte aber auch sein, dass ich noch nichts davon weiß. Manchmal sickert etwas auf dem Revier durch." Er beugte sich näher heran. "Ich muss wissen - wo ist das Kind jetzt?"

"Benjamin hat sie uns heute Morgen vorgestellt. El macht viel Wirbel, wie du dir vorstellen kannst."

Sgt. Miller nickte, als sein Telefon klingelte. Er wurde auf dem Revier gebraucht.

Er fragte, ob in den letzten vierundzwanzig Stunden ein Kind, ein kleines Mädchen, als vermisst gemeldet worden war, aber es war niemand da. Er trennte die Verbindung. "Keine neuen Meldungen über vermisste Kinder."

"Äh, ich verstehe", sagte Abe. "Was sollen wir jetzt tun?"

Miller sagte: "Wenn du sie auf die Wache bringst, kümmern wir uns um sie, bis das Jugendamt eingeschaltet wird."

"Sie hat sich so gut bei uns eingelebt."

"Ja, sie im Moment bei euch zu lassen, ist vielleicht die beste Lösung. Während wir nachforschen. Ich würde es nicht gerne sehen, wenn sie vorzeitig in eine Pflegefamilie kommt. Vor allem, wenn es sich um ein erstes Vergehen handelt."

"Wir würden sie beschützen."

"Ich weiß, dass ihr das tun würdet, aber ich muss das mit meinem Chef klären. So wie ich das sehe, ist es wahrscheinlich am besten, sie dort zu lassen, wo sie ist." Er stand auf. "Willst du mir noch etwas sagen, bevor ich mich erkundige?"

"Benjamin ist heute zum Hafen zurückgekehrt, weil er hoffte, dass die Mutter des Kindes dort sein würde - sie war es nicht."

"Es ist gut, dass sie nicht zurückgekommen ist", sagte Miller. "Das muss untersucht werden. Um zu sehen, ob sie eine Wiederholungstäterin ist." Er schaute wieder auf die Uhr. "Wie alt ist das Kind?"

"Ich weiß es nicht genau, aber ich schätze sieben oder acht."

Miller verließ das Café, um zu telefonieren, und kam ein paar Minuten später zurück. "Sie kann erst einmal bei dir bleiben. In der Zwischenzeit werde ich meine Beamten bitten, nach einer Frau Ausschau zu halten, die sich am Hafen herumtreibt. Hast du eine Ahnung, wie sie aussieht?"

"Nein, da müsstest du mit Benjamin sprechen. Oder ich kann ihn für dich fragen und dir Bescheid geben?"

"Klar. Finde es heraus und schick mir eine SMS." Er streckte seine Hand aus und sie wurde herzlich empfangen.

"Danke", sagte Abe.

Miller fügte hinzu: "Egal, was passiert, übergib das Kind nicht. Wenn die Frau auftaucht, halte sie auf und rufe mich an. Rund um die Uhr, siebenundzwanzig Uhr. Ich will mit ihr sprechen und ihr sagen, was los ist. Außerdem will ich sichergehen, dass sie ehrlich ist und die Fehler, die sie gemacht hat, einsieht. Wenn nötig, werde ich das Jugendamt einschalten."

Abe sagte, er würde die Beschreibung der Frau so schnell wie möglich per SMS übermitteln.

"Guter Mann", sagte Sgt. Miller, als sie sich vor dem Café trennten.

Anstatt direkt nach Hause zu gehen, ging Abe zur Waterfront. Er setzte sich auf eine Bank und lauschte den Möwen und dem Rauschen der Wellen. Nachdem er dreißig Minuten lang niemanden gesehen hatte, kehrte er in den Laden zurück, wo seine Frau herauskam, um ihn zu begrüßen.

"So gut wie Gold", sagte El, als sie ihren Mann erst auf die linke und dann auf die rechte Wange küsste.

Er bemerkte, dass seine Frau einen federnden Schritt hatte und ihre Wangen gerötet waren. Das erinnerte ihn an die Tage, als sie sich zum ersten Mal den Hof machten.

NACHDEM ER SICH MIT El über sein Treffen mit Sergeant Miller unterhalten hatte, fragte Abe die Kinder, was sie im Fernsehen sehen.

"Es ist SpongeBob Schwammkopf", sagte Katie. "Er ist lustig."

"Äh, du kannst Benjamin später erzählen, was passiert ist, wenn das okay ist? Ich würde nämlich gerne kurz mit ihm draußen reden."

Sie nickte.

"Hast du auf dem Revier etwas herausgefunden?" erkundigte sich Benjamin, nachdem er die Tür hinter sich geschlossen hatte.

"Ich erzähle es dir gleich, aber jetzt will Sergeant Miller, dass ich ihm eine Beschreibung von Katies Mutter per SMS zukommen lasse." Er reichte Benjamin sein Handy. "Du gehst vor und tippst die Informationen ein. Du bist ein schnellerer Schreiber."

Benjamin klickte sich ein: Hi Sgt. Miller. Hier ist Benjamin. Katies Mutter trug ein dunkles, ärmelloses Kleid, einen roten Schal und hochhackige Schuhe. Ihr Haar war dunkel, fast schwarz und sie trug gestern eine dunkle Sonnenbrille, als die Sonne schien."

"Größe?" Miller antwortete.

"Ungefähr 1,70 m - ohne die Absätze."

"Danke. S.A.M."

Benjamin erwiderte ein Daumen-hoch-Emoji. "Also, erzähl mir, was du über Katie herausgefunden hast."

"Zuerst habe ich es als hypothetisch bezeichnet. Wir haben geredet und dann habe ich ihn über die Einzelheiten aufgeklärt."

"Okay, na gut."

"Ich kann bestätigen", sagte Abe, "dass sie noch nicht als vermisst gemeldet wurde."

"Ihrer Mutter muss etwas zugestoßen sein. Ich hoffe, es geht ihr gut."

"Sergeant Miller, Alex, hat gesagt, dass du das Richtige getan hast, indem du sie hierher gebracht hast. Seine Beamten werden nach der Mutter Ausschau halten. Wenn sie auftaucht, werden sie sie zum Verhör mitnehmen. Wenn es etwas Neues über Katie gibt, werden sie uns Bescheid geben."

"Nochmals vielen Dank, Abe."

"Da heute Samstag ist und Katie nicht zur Schule gehen muss, ist das eine gute Sache. Hoffentlich ist die Sache bis Montag erledigt und sie kann wieder am Unterricht teilnehmen, als wäre nichts passiert."

"Ja", sagte Benjamin und dachte schon daran, wie sehr er sie vermissen würde, wenn sie weg war.

El kam in den Flur und das Trio flüsterte miteinander.

"Wir, Abe und ich denken, dass sie sich im Gästezimmer wohler fühlen würde."

Benjamin sah enttäuscht aus und sein Blick ging zu Boden.

El berührte ihn am Arm. "Ich kann auf sie aufpassen, wenn ihr beide euch um den Laden kümmert. Wir können Mädchensachen machen."

Abe warf ein: "Du brauchst auch deinen Schlaf, Benjamin, und dieser alte Stuhl ist nicht zum Schlafen geeignet."

"Wir wollen das alte Ding schon seit Jahren austauschen."

"Das steht auf meiner To-Do-Liste", sagte Abe. "Irgendwann werde ich ihn neu polstern."

"Schmeiß es lieber in die Tonne oder benutze es als Brennholz. Ich hatte schon vor, das Zimmer ein bisschen aufzumöbeln. Die Bücherregale müssen auch neu gestrichen werden."

"Ich schreibe es auf die Liste."

El küsste ihn auf die Stirn. "Es wäre schön, das Zimmer etwas mädchenhafter zu gestalten."

"Sie ist nur für eine kurze Zeit hier."

"Ich weiß, ich weiß. Aber ich muss dabei an meine kleine Schwester Sammy denken. Samantha. Der Unfug, den wir früher zusammen gemacht haben." Sie schaute ihren Mann an. "Ich wollte schon immer ein eigenes kleines Mädchen haben - das hier ist das Nächstbeste. Auch wenn es nur für eine kurze Zeit ist."

Abe legte seinen Arm um sie. "Ich verstehe schon, ihr wollt zusammen spielen."

El küsste ihn auf die Wange und die drei umarmten sich.

Als sie sich trennten, fragte Abe: "Weiß Katie ihre Adresse?"

"Sie weiß sie und wir haben sie gestern Abend überprüft. Es war niemand zu Hause und sie hat keinen Schlüssel. Es ist in der Ontario St., Nummer 74."

Abe rief Google Maps auf seinem Handy auf und gab die Adresse ein, mit dem Plan, zum Haus zu fahren. Nachdem er sich selbst ein Bild gemacht hatte, würde er seinem Freund, Sergeant Miller, die Adresse mitteilen. "Das Kind wird Sachen brauchen", sagte Abe und gab Benjamin seine Kreditkarte. "Kauf Freizeitkleidung, einen Schlafanzug, anständige Schuhe, Socken und Unterwäsche. Und eine Zahnbürste."

Benjamin räumte die Küche auf, während Abe über seinen Besuch auf der Polizeiwache plauderte. "Oh, und noch etwas: Wenn Katie ihre Mutter sieht oder umgekehrt, darf sie nicht zu ihr zurückgebracht werden. Sie wollen erst auf dem Revier mit der Frau sprechen."

Katie kam in die Küche: "Ist meine Mami in Schwierigkeiten?"

"Nein, nein, mein Schatz", sagte Benjamin. "Die Polizei will nur sichergehen, dass es ihr gut geht, das ist alles." Er zerzauste ihr das Haar. "Jetzt wasch dir das Gesicht und bürste dir die Haare." Sie ging ins Bad und schloss die Tür.

"Was ist, wenn ihre Mutter eine Szene macht? Ich meine, wenn sie mich, einen Fremden, mit ihrer Tochter sieht?"

Abe flüsterte: "Sie hat ihre eigene Tochter im Stich gelassen. Jeder hätte sie mitnehmen können, also glaube ich nicht, dass sie eine Szene machen wird." Er vergewisserte sich, dass Katie nicht herausgekommen war. "Außerdem ist die arme Frau vielleicht nicht ganz richtig im Kopf. Wenn sie das Kind sieht, rufst du die Polizei an und bleibst hier. Frag nach Sergeant Miller. Er erinnert sich an dich und wird sich darum kümmern."

Benjamin setzte sich und blieb ruhig.

"Ich sehe, wir haben dich beunruhigt", sagte Abe. "Das Kind wird wissen, was es mag und was es braucht, und das Personal wird dir helfen."

Benjamin schaute auf seine Füße, er wusste nichts über den Kauf von Kleidung für ein kleines Mädchen.

El sagte: "Möchtest du, dass ich mit dir komme?" Sie schaute ihren Mann an. "Wenn das für dich in Ordnung ist? Es ist nach 15 Uhr, es wird also nicht mehr so viel los sein."

Benjamin nickte. "Bitte, Abe."

Katie ahmte Benjamins Worte nach. "Bitte, Abe."

Abe konnte nicht widerstehen und nickte.

"Wir gehen einkaufen, für dich", sagte Benjamin. "Für dich, für El und für mich."
Katie quietschte vor Freude.

KAPITEL 14

EINKAUFSTAG

SCHON BALD HATTE KATIE alles auf der Liste.

"Jetzt lass uns etwas essen gehen", schlug El vor.

Sie gingen in ein Café an der Hauptstraße. Katie bestellte einen Erdbeermilchshake, El bat um einen starken Tee und Benjamin um eine Cola mit Eis.

Sie nippte an ihrem Milchshake. "Du willst mich etwas fragen, stimmt's, El?"

El nickte. "Woher kennst du das Kind?"

"Es ist in Ordnung, wenn du mich fragst. Es macht mir nichts aus."

El zögerte und fragte dann: "Was ist deine Lieblingsfarbe?"

Katie lachte, denn mit dieser Frage hatte sie nicht gerechnet. "Ich habe keine einzige Lieblingsfarbe. Warum sollte ich mich für eine entscheiden, wenn es so viele gibt?"

El lächelte. Nicht die Antwort, die sie erwartet hatte.

"Ich habe eine Frage", sagte Benjamin. Er zögerte, während sowohl El als auch Katie warteten. "Wer hat die Puppe für dich gekauft? War es deine Mutter?"

Katie schlürfte noch mehr Milchshake durch ihren Strohhalm. "Er war es", sagte sie.

El lehnte sich näher heran: "Dein Vater?"

"Nein, der Freund meiner Mutter, Mark. Es war ein Geschenk. Er bringt mir immer Geschenke mit."

"Zu Weihnachten? Oder zu deinem Geburtstag?" fragte Benjamin.

"Nein, für nichts Geschenke. Er taucht einfach auf und bringt mir etwas mit."

"Oh", sagte Benjamin und schaute El an. "Und, wie schmeckt dein Milchshake?"

"Er schmeckt himmlisch", sagte Katie und fuhr sich mit dem Finger über die Lippen.

"Was ist los?" fragte El.

"Ich denke nur nach..."

"Worüber?" erkundigte sich Benjamin. "Du musst es uns nicht sagen, wenn du nicht willst."

Katie dachte darüber nach und sagte dann: "Wenn meine Mami hier wäre, würde sie einen Karamell-Milchshake trinken. Wir würden langsam schlürfen. Wir schlürfen immer langsam. Ich habe es vergessen und schnell genippt, und jetzt ist alles weg." Sie schmollte.

"Willst du noch einen?" fragte Benjamin.

"Darf ich?"

"Du darfst." Er rief den Kellner herbei.

Als er kam, sagte Katie: "Warte, ich brauche kein weiteres."

"Warum nicht?" erkundigte sich El.

"Das ist ganz einfach. Da ich jetzt noch einen haben kann, ist dieser hier genug."

Benjamin und El sahen sich gegenseitig an und dann wieder Katie.

"Du bist einmalig, Kind", sagte El.

"Das sagt Mami auch immer."

Sie bezahlte die Rechnung, und sie gingen auf die Straße.

"Kann ich bitte meine neuen Schuhe anziehen?"

"Natürlich darfst du das", sagte El, als sie Katie die Sandalen auszog.

Sie schlängelte ihre Zehen in die Kufen und hüpfte dann den Bürgersteig entlang. El und Benjamin versuchten, mit ihr Schritt zu halten.

KAPITEL 15

ZURÜCK HEIMAT

SIE KEHRTEN NACH HAUSE zurück, wo sie Abe in einem Schaukelstuhl sitzend vorfanden. Seine Schultern waren eingefallen und seine Hände lagen verschränkt auf seinem Schoß.

El ging zu ihm und küsste ihn auf die Stirn. "Ich lasse Katie ein Bad ein. Das wird ihr helfen, nach all der Aufregung einzuschlafen."

"Gute Idee, Schatz", sagte Abe. Dann zu Benjamin: "Wie war das Einkaufen?"

"Es hat Spaß gemacht - Katie ist voller Energie. Selbst ich hatte Mühe, mit ihr mitzuhalten."

Abe lächelte. "Schade, dass ich es verpasst habe." Er senkte seine Stimme. "Ich habe noch mehr Informationen. Ich würde sie lieber

mit dir und El zur gleichen Zeit teilen. Wenn die Kleine eingeschlafen ist."

Benjamin gähnte.

Abe sagte: "Warum gehst du nicht hoch und schläfst ein bisschen. Wir reden dann in einer Stunde, okay?"

"Klingt nach einem guten Plan. Danke." Er ging die Treppe hinauf.

***

ALS KATIE EINGESCHLAFEN WAR, versammelten sie sich im Wohnzimmer. El bereitete ein paar Sandwiches vor. Abe war besonders hungrig. Er hatte seit dem Frühstück nichts mehr gegessen.

"Sie ist sofort eingeschlafen", erwähnte El. "Und sie sah hübsch aus in ihrem neuen Prinzessinnen-Nachthemd."

"Wir hatten heute einen wunderschönen Tag, vielen Dank für deine Hilfe, El."

"War mir ein Vergnügen."

Abe kaute sein Sandwich zu Ende, wischte sich den Mund ab und nahm einen Schluck Wasser. "Ich habe Neuigkeiten. Es ist nicht leicht, sie zu erzählen. Bitte unterbrich mich nicht und stell keine Fragen, bis ich fertig bin."

Sowohl El als auch Benjamin rückten näher und stimmten zu.

"Nachdem ich den Laden um fünf Uhr geschlossen hatte, bin ich zu Katie gefahren. Eigentlich wollte ich erst morgen hingehen, aber irgendetwas machte mir heute Lust darauf und so bin ich gegangen." Er hielt inne.

Mach weiter, dachte Benjamin, aber er wusste, dass es unhöflich gewesen wäre, es zu sagen.

"Ich klopfte an die Haustür, niemand antwortete, aber die Vorhänge waren offen. Ich blieb stehen und lauschte auf Geräusche aus dem Inneren, nichts. Ich ging um die Seite des Hauses herum und auf die Rückseite. Es gab keine Anzeichen dafür, dass dort ein Kind lebte, kein Spielzeug, keine Fahrräder, Schaukeln oder Bälle. Keine Wäsche hing auf der Leine.

"Ich bestellte ein Taxi, und der Fahrer wartete am Bordstein auf mich. Ich ging zur nächsten Tür und klopfte. Ein Mann antwortete und sagte mir, dass nebenan ein kleines Mädchen und eine Frau wohnten, mehr wusste er nicht. Dann schlug er mir die Tür vor der Nase zu.

"In meinem peripheren Blickfeld sah ich, wie sich ein Vorhang auf der anderen Straßenseite bewegte. Ich ging hinüber und klopfte. Eine Frau antwortete und lud mich auf einen Drink ein.

Sie sah das Taxi warten und sagte ihm, es solle verschwinden. Sie sagte, sie würde ein anderes rufen, wenn ich bereit sei zu gehen. Ich stimmte zu, weil ich dachte, dass sie mir Informationen über die Mutter des Kindes geben könnte. Sie war ein vielbeschäftigter Mensch, daran gab es keinen Zweifel. Normalerweise würde ich ihr aus dem Weg gehen, aber in diesem Fall waren Informationen für das Wohl des Kindes wichtig, also blieb ich.

"Ihr Haus war sauber und aufgeräumt. Ich war nicht in Gefahr, und das einzige Geräusch in ihrem Haus war das unaufhörliche Ticken einer Standuhr. Wir setzten uns hin und tranken gemeinsam eine Kanne Tee.

"Als ich sie nach dem Kind fragte, erzählte sie mir, dass im Haus gegenüber immer etwas los sei. Schreie. Eine Drehtür von Männern und Autos, die in der Einfahrt parkten und manchmal auf die Straße überschwappten. Sie vermutete, dass das verheiratete Männer waren. Oh, und sie sagte auch, dass der neueste schicke Mann ein großes Auto und einen Fahrer hatte. Katies Mutter war das Gesprächsthema der Straße."

El schlug sich die Hand vor den Mund: "Armes Kerlchen."

Benjamin wechselte das Thema. "Hast du etwas über Katie herausgefunden?"

Abe seufzte. "Ruhig und gut erzogen", erklärte Judy Smith, die Nachbarin. "Sie hat gesagt, dass ihr gestern Morgen Mutter und Tochter aufgefallen sind. Es fiel auf, weil es ein Schultag war und das Kind eine lebensgroße Puppe mit sich herumschleppte. Sie hat sie aber nicht nach Hause kommen sehen.

"Als es ihr langweilig wurde, mit mir zu reden, ging sie zur Haustür und pfiff die Straße hinunter. Ihr Sohn, ein Taxifahrer, hielt vor dem Haus an. Sie schob mich durch die Vordertür in das Fahrzeug und ich gab dem Mann eine falsche Adresse. Ich wollte nicht, dass sie meine Adresse kennen. Sie schienen exzentrisch zu sein."

"Du meinst verrückt?"

Abe nickte, dann schenkte er sich eine Tasse Tee ein und bot El und Benjamin eine Tasse an.

"Ihr dürft jetzt Fragen stellen", sagte er.

✳✳✳

MINUTEN VERGINGEN, VIELLEICHT FÜNFZEHN Minuten oder mehr, bevor El das Schweigen brach. "Das arme kleine Mädchen. Was für ein Leben muss sie geführt haben, mit Männern, die zu jeder Tages- und Nachtzeit kommen und gehen." Sie kämpfte ein Schluchzen zurück, das tief aus ihrem mütterlichen Inneren kam. "Kein Leben für ein Kind - und hier sind wir. Du und ich, die wir nie ein eigenes Kind haben können."

"Na, na", sagte Abe und tätschelte den Arm seiner Frau. "Genau das denke ich auch. Es gibt keine Gerechtigkeit in dieser Welt. Es gibt keine Vernunft und keinen Grund. Aber wer sind wir, um darüber zu urteilen?"

"Ich weiß nur", warf Benjamin ein, "dass Katie ihre Mutter liebt."

"Selbst ein missbrauchtes Kind liebt seine Mutter", sagte El.

"Der Beweis liegt in der Vernachlässigung", sagte Abe.

"Vielleicht konnte man es nicht verhindern. Wir wissen nicht, was passiert ist", sagte Benjamin.

"Das ist wahr. Es tut mir leid, dass ich so schnell geurteilt habe. Und was passiert jetzt?" fragte El.

"Wir warten", sagte Abe. "Und wir stellen Fragen, ohne die kleine Katie zu verärgern. Wir finden heraus, was wir können. In der Zwischenzeit wird Sergeant Miller die Dinge auf seiner Seite vorantreiben. Ich habe Katies Adresse weitergegeben; Benjamin hat ihm eine Beschreibung ihrer Mutter gegeben. Sie werden die Krankenhäuser, das Leichenschauhaus und das Hafenviertel überprüfen."

"Das Leichenschauhaus", sagte El. "Ich will nicht daran denken, dass die Kleine ganz allein auf der Welt ist."

"Ich weiß, ich weiß", sagte Abe. Er wechselte das Thema. "Oh, und bevor ich es vergesse." Er griff in seine Tasche und holte einen Umschlag heraus, den er auf den Tisch legte. "Das war im Briefkasten von Katies Haus."

"Abe, es ist eine Straftat, die Post eines anderen zu stehlen!" rief El aus. Das hielt sie aber nicht davon ab, den Umschlag so umzudrehen, dass sowohl sie als auch Benjamin ihn lesen konnten.

"Dessen bin ich mir bewusst", bestätigte Abe. "Aber jetzt wissen wir, dass ihre Mutter Jennifer Walker heißt."

Benjamin gähnte und stand auf, dann küsste er El auf die Wange. "Katie ist jetzt nicht mehr allein. Sie ist hier bei uns." Er sagte gute Nacht. "Danke für all deine Hilfe." Abe klopfte ihm auf den Rücken, wie es ein Vater mit seinem Sohn tun würde.

Oben zog er sich seinen Schlafanzug an und ließ sich in sein Bett fallen. Er war zu müde, um die Decke herunterzuziehen und kuschelte sich stattdessen in die Bettdecke.

***

Benjamin stand am Rande des Daches eines hohen Gebäudes und konnte nicht nach unten schauen, da seine Zehen bereits über der Linie waren. Es war Nacht und die Sterne waren Schlitze, wie Augen am Himmel, die ihn beobachteten und ihn vorwärts trieben. Spring, schienen sie zu sagen. Spring einfach.

Er wippte und schwankte. Es war so einfach, vorwärts zu gehen, wie zurück zu gehen, und er war ganz allein. Ganz allein auf der Welt, mit niemandem, der sich um ihn kümmerte. Keiner, der sich um ihn kümmerte. Niemanden, der sich darum kümmerte, ob er lebte oder starb.

Er hatte viele Bücher über Helden gelesen. Junge Burschen, die wie er ihre Eltern verloren und Erstaunliches aus ihrem Leben gemacht hatten. Natürlich waren diese Art von Figuren fiktiv.

Moment mal! Ich bin ein guter Mensch. Ich helfe Menschen. Ich denke an andere vor mir selbst. Ich lüge nicht, stehle nicht und verletze niemanden und ich halte fast immer meine Versprechen.

Warum fast immer? fragte eine Stimme hoch über ihm.

Er antwortete nicht, sondern kippte über die Kante und wachte auf dem Boden neben seinem Bett auf. Seine Kleidung war schweißnass - aber er war in Sicherheit. Sicher und wohlauf. Obwohl es 4 Uhr morgens war, wollte er nicht wieder einschlafen. Er machte es sich mit Spielen auf seinem Handy gemütlich. Unterhalb seines Zimmers hörte er, wie jemand auf und ab ging. Wahrscheinlich Abe. Er setzte seine Kopfhörer auf. Nachdem sich ein paar Freunde zu ihm gesellt hatten, war er völlig in ein Multiplayer-Online-Spiel vertieft. Er spielte weiter, bis die Sonne am Horizont aufging, und legte sich dann wieder ins Bett.

KAPITEL 16

ABE UND EL

Abe konnte nicht schlafen. "Bist du wach?"

"Jetzt schon."

"Ich bin ein bisschen hungrig, was ist mit dir?"

"Jetzt, wo ich wach bin, bin ich es auch. Komm, ich mache dir etwas. Worauf hast du Appetit?"

Als sie den Flur entlang schlenderten, sahen sie Katie an. "Sie ist so ein kleiner Engel."

"Das ist sie auch." In der Küche sagte Abe: "Ein getoastetes Käsesandwich würde mir gut gefallen."

"Okay, du setzt den Kessel auf und ich schmeiße den Grill an."

Als das Essen fertig war und der Tee in der Kanne dampfte, setzten sie sich und aßen ihre Sandwiches.

"Das hat wirklich gut geschmeckt, danke."

"Gutes Essen tut das immer." Sie schob ihren Stuhl zurück.

"Nein, bleib noch eine Minute sitzen. Ich möchte mit dir reden."

"Eine Tasse Tee?" Abe nickte und sie füllte ihre Tassen. "Was bedrückt dich? Ich weiß, dass es etwas ist."

"Weißt du noch, dass wir darüber gesprochen haben, Benjamin zu adoptieren?"

"Ja, aber da er schon fünfzehn war, haben wir beschlossen, es nicht zu tun."

"Und doch denke ich immer wieder, wenn wir ihn adoptieren würden, wäre er eine Familie und könnte dir im Laden helfen, wenn mir etwas zustößt. Er könnte ihn übernehmen, wenn nötig. Das Gleiche gilt, wenn dir etwas zustößt - er wäre eine große Hilfe für mich."

El rührte in ihrem Tee. "Möchte er adoptiert werden? Er braucht uns nicht mehr so wie früher, als er hierher kam und bei uns lebte. Er ist ein unabhängiger junger Mann. Ich würde ihn nur ungern an uns ketten."

Abe erhob seine Stimme. "Ihn an uns ketten? Ist es das, was du denkst? ICH, ICH."

"Beruhige dich, Schatz. In ein paar Jahren wird er alt genug sein, um selbst wegzufliegen - und er hat jedes Recht dazu. Wie heißt es so schön: "Wenn du jemanden liebst, lass ihn frei und wenn er zurückkommt, gehört er dir.""

"Und wenn sie nicht zurückkommen, waren sie es nie. Ich weiß nicht mehr, wer es gesagt hat."

"Vielleicht Kipling, oder ein weiser Mensch wie er. Ich sage nicht, dass er nie zurückkommen würde, aber ich glaube, er würde. Er liebt die Arbeit im Laden."

"Ja, und eines Tages könnte ihm der Laden gehören - den Laden führen. Unser Erbe fortsetzen."

"Wenn er das will."

"Natürlich."

"Was würdest du gerne tun? Was würde dich beruhigen?"

"Ich möchte mit Travis, unserem Anwalt, sprechen und ihn um Rat fragen."

"Sollten wir das Thema nicht erst mit Benjamin ansprechen?"

"Wenn wir das tun und unsere Meinung nach dem Rechtsbeistand ändern würden, könnte das Folgen haben. Ich würde das lieber erst prüfen, dann können wir entscheiden. Wenn wir uns diesmal dafür entscheiden, können wir mit ihm reden und sehen, was er denkt."

El gähnte. "Oh, entschuldigt mich." Sie nahm die Hand ihres Mannes in die ihre. "Klingt, als hätten wir einen Plan. Jetzt lass uns wieder ins Bett gehen, die Kleine wird bald aufwachen und ihr Frühstück wollen."

KAPITEL 17

ICH VERMISSE SIE...

ABE UND EL SCHLIEFEN endlich ein, als Katie im Flur einen Schrei ausstieß.

El war in Sekundenschnelle bei ihr, fast so, als hätte sie es geahnt. In dem Moment, in dem Katie sie sah, warf sie ihr die Arme um den Hals.

Abe kam kurz darauf an. "Was ist denn los, Kleine?"

"Ich vermisse...", war alles, was sie sagte, bevor sie ihr Gesicht an Abes Brust drückte.

Benjamin stolperte ins Zimmer. "Was ist los?"

Katie blieb still, während sie sich leise flüsterten.

"Sie vermisst ihre Mutter", sagte El. Katie kuschelte sich enger an ihn. "Ihr beide geht zurück in eure Betten und ich bleibe hier bei der Kleinen." Dann zu Katie: "Das würde dir doch gefallen, oder? Wenn ich hier bleibe?" Sie flüsterte El etwas zu. "Oh, ich verstehe", sagte sie. "Bist du sicher?" Katie nickte. "Sie möchte, dass du auch bleibst, Benjamin. Hol dir eine Decke von draußen und wirf sie über dich auf den Stuhl dort drüben." Benjamin folgte ihrer Anweisung.

"Na dann, gute Nacht", sagte Abe, als er die Tür schloss und froh war, in sein eigenes Bett zurückzukehren.

KAPITEL 18

SONNTAG, SONNTAG

DER SONNTAGMORGEN WAR IM Haushalt der Familie Julius etwas Besonderes. Da der Laden erst mittags öffnete, bereitete die Familie immer ein großes Frühstück vor, das sie gemeinsam einnahmen.

"Heute gibt es Waffeln", verkündete El, holte das Waffeleisen heraus und steckte es in die Steckdose. Sie ging voraus und bereitete den Teig vor, bis der Grill bereit war.

Währenddessen deckten die anderen den Tisch. Sirup, Früchte, Butter und Schlagsahne aus der Dose wurden auf den Tisch gestellt.

"Die Waffeln riechen so gut", sagte Katie, als El die fertigen Waffeln in die Mitte des Tisches stellte.

"Danke, Liebes", sagte El. "Haben wir noch etwas vergessen, bevor ich mich hinsetze?" Niemandem fiel etwas ein, also setzte sie sich an das eine Ende des Tisches, während ihr Mann am anderen Ende saß.

"Danke für das Gourmet-Essen", sagte Abe, was seine Version eines Tischgebetes war. "Also, haut rein!" Und das taten sie auch.

Katie setzte sich und beobachtete die anderen, da sie noch nie eine Waffel gegessen hatte.

"Worauf wartest du, Liebes?"

"Ich beobachte, denn die einzige Waffel, die ich je gegessen habe, war eine Eiswaffel."

"Das ist eine clevere Idee", sagte Benjamin. Er ging zum Gefrierschrank und holte einen Behälter mit neapolitanischem Eis heraus. Dann holte er den Eislöffel aus der Schublade und brachte sie an den Tisch.

El half Katie, Obst auf ihre Waffel zu legen, darunter Blaubeeren und Erdbeeren. Sie fügte noch ein paar Apfelscheiben hinzu. "Das sieht hübsch aus", sagte das Kind.

"Jetzt probierst du es mal", sagte Benjamin.

Katie fügte eine Kugel Eis und Schokoladensoße hinzu.

"Oh, mir ist gerade noch etwas eingefallen", sagte El und schob ihren Stuhl zurück. Sie wandte sich an Katie: "Du bist doch nicht allergisch gegen Nüsse, oder?"

"Nein. Ein paar Kinder in meiner Schule haben eine, also müssen wir vorsichtig sein, aber ich bin gegen nichts allergisch."

"Ich auch nicht", sagte Benjamin und schaufelte zerstoßene Walnüsse oben auf seine Waffel. Dann fügte er Schlagsahne hinzu - obwohl er, genau wie Katie, bereits Eis auf seiner Waffel hatte.

"Kann ich auch Schlagsahne haben?"

Benjamin spritzte die Sahne auf Katies Waffel. "Die sieht jetzt zu gut aus, um sie zu essen", sagte sie und alle lachten. Ihr Gesicht leuchtete auf: "MMMMM", sagte sie. "MMMMM."

Nachdem sich alle satt gegessen hatten, kochte El Kaffee.

"Ich bin zu voll, um mich zu bewegen", sagte Benjamin.

"Ich auch", sagte Katie und tätschelte sich den Bauch.

Abe schaute auf seine Uhr, es war noch Zeit, bis der Laden öffnete. "Oh, ich wollte dich noch fragen, Katie, wie heißt denn deine Schule?"

"Ich gehe auf die St. Mary's Elementary", sagte Katie.

Abe tippte die Adresse in Google ein.

"Magst du die Schule?" fragte Benjamin.

"Es ist okay.

"Wir rufen morgen in deiner Schule an", sagte El, "und sagen ihnen, dass du ein paar Tage abwesend sein wirst."

"Sie meinen, ich muss nicht hingehen?" "Nein. Wir wollen dich erst einmal hier behalten."

"Bis meine Mami zurückkommt?"

"Ja, bis dahin", sagte Abe.

"Fehlst du oft in der Schule?" erkundigte sich El.

"Nur wenn ich krank bin oder wenn es Mami nicht gut geht, weil sie mich nicht alleine gehen lässt."

"Ist deine Mami oft krank?" fragte Abe und dachte an die Vorwürfe von Alkohol und Drogen.

Katie begann zu weinen.

"Genug der Fragen für den Moment", sagte El. Sie nahm Katies Hand in die ihre. "Lass uns die Schlagsahne und die Schokoladensoße aus deinem Gesicht waschen und dich in dein neues Outfit anziehen. Komm jetzt mit."

Katie folgte und sagte hinter vorgehaltener Hand: "Mami will nicht krank sein."

"Natürlich nicht, Kind", sagte El, während sie Katie einen warmen, feuchten Waschlappen über das Gesicht strich. "Jetzt heb deine Arme hoch und lass uns dich anziehen."

"Ich bin ein großes Mädchen."

"Auch große Mädchen brauchen manchmal ein bisschen Hilfe", sagte El und zwinkerte.

"Danke."

"Danke, dass du ein bisschen Sonnenschein in mein Haus gebracht hast."

Katie dachte einen Moment nach und sagte dann: "Aber du hattest doch schon Sonnenschein, weil du Benjamin hattest."

El lachte. "Du hast Recht, wir sehen seine goldenen Strahlen jeden Tag. Jetzt komm mit, wir können doch nicht zulassen, dass die Jungs vor den Mädchen fertig sind, oder?"

"Auf keinen Fall!" Katie kicherte.

KAPITEL 19

SGT. MILLER

Als Sergeant Miller auf dem Revier ankam, erwartete ihn eine dringende Nachricht des Gerichtsmediziners:

"Die Leiche einer Frau wurde heute früh am Ufer des Ontariosees in der Nähe des Viadukts angespült. Der übliche Aufenthaltsort für Selbstmörder. Sie ist jetzt hier im Leichenschauhaus. Sie kann nicht identifiziert werden, aber sie passt auf die Beschreibung der Frau, nach der du mich gebeten hast, Ausschau zu halten. Die Todesursache sollte bald geklärt sein. Komm vorbei, wenn du reinkommst, dann informiere ich dich."

Miller ging sofort in die Leichenhalle. Die Leiche lag auf dem Leichentisch und der Gerichtsmediziner und sein Assistent nahmen die Daten auf.

"Das solltest du dir vielleicht ansehen", sagte er und zeigte auf den Schnitt am Hals der Frau.

"Selbstmord ist also ausgeschlossen", schlug Miller vor, "nach dem Winkel der Klinge zu urteilen, kann sie sich das nicht selbst angetan haben."

"Genau", bestätigte der Gerichtsmediziner. "Außerdem haben wir unter ihren Fingernägeln Spuren von Haut und Haaren gefunden."

Miller betrachtete die Nägel der Frau, die kardinalrot lackiert waren. Als er ihr Gesicht betrachtete, sah er, dass ein Fleck des passenden Lippenstifts am Rand ihrer Oberlippe zurückgeblieben war.

"Wir haben bereits Proben an das Labor geschickt. Wir sollten in der Lage sein, sie und möglicherweise auch ihren Angreifer zu identifizieren, wenn wir einen Treffer in der Datenbank finden."

"Was dagegen, wenn ich eine Probe ihrer Fingerabdrücke nehme, damit ich sie mit unserer Datenbank abgleichen kann, wenn ich zurück im Büro bin? So können wir sie vielleicht schneller identifizieren, wenn sie wegen einer Straftat verhaftet wurde."

Der Gerichtsmediziner nickte.

"Was wissen wir sonst noch über sie?"

"Das Alter wird auf 34-37 Jahre geschätzt und sie war mehrjährig."

"Zwei Geburten", sagte Miller. "Kannst du sagen, wann sie die Kinder bekommen hat?"

"Per Kaiserschnitt. Vor sieben oder acht Jahren. Vaginale Geburt vor kurzem."

"Sonst noch etwas?"

"Wir schätzen den Todeszeitpunkt auf Samstagabend, zwischen 19 und 21 Uhr. Es wurden weder Alkohol noch Drogen in der Leiche gefunden." Er zögerte: "Noch etwas: Sie hatte Bisswunden an der Rückseite ihrer Beine." Er drehte die Leiche um. "Siehst du hier und dort Bisse. Schnappschildkröten könnten die Ursache sein, aber die Bisse sind groß."

"Ich verstehe", sagte Miller. "Danke." Er hielt inne. "Was ist das, in der Nähe der Wirbelsäule?"

"Ein Muttermal."

Es war ungefähr so groß wie ein Verrückter.

Miller verließ das Gebäude und das Sonnenlicht traf ihn mit voller Wucht. Er setzte seine dunkle Brille auf und ging weiter zu seinem Fahrzeug, wobei er an das Kind dachte, das bei Abe blieb. Er hoffte, dass die tote Frau und die vermisste Mutter nicht ein und dieselbe Person waren, aber sein Gefühl sagte ihm etwas anderes.

KAPITEL 20

LEGAL EAGLE

ABE WAR AUFGESTANDEN UND aus dem Haus, bevor die anderen aufwachten. Nach seinem Gespräch mit El vereinbarte er einen Termin mit seinem alten Freund, der auch ihr Anwalt war, Travis Anders.

"Ich möchte, dass du die Papiere vorbereitest. Wenn Benjamin einundzwanzig wird, erbt er das Haus und den Laden."

"Langsam, langsam. Was ist mit El?" sagte Travis.

"Wir können ihm im Laden helfen, wenn es nötig ist. Aber er wird einen Anreiz haben, sich mehr zu engagieren, weil er es eines Tages sein wird."

"El muss auch hier sein. Das Haus und der Laden laufen auf euren beiden Namen."

"Wenn du die Formulare für uns zusammenstellst, bringe ich sie zum Unterschreiben mit. Wir haben das schon besprochen."

"Wozu die Eile?"

"Keine Eile an sich. Ich will nur den Ball ins Rollen bringen. Wie lange wird es dauern, bis du alles aufgesetzt hast?"

"Gib mir eine Woche", sagte Anders. "Dann musst du mit El zurückkommen. Hast du das schon mit Benjamin besprochen?"

"Noch nicht. Ich möchte erst einmal sehen, wie es auf dem Papier aussieht. Wie alles zusammenpasst, bevor wir ihn einbeziehen."

"Ich nehme gerne dein Geld, Abe, aber wenn ich die Papiere aufsetze und er sich weigert, musst du trotzdem mein Honorar bezahlen."

"Ich verstehe. Ich würde es auch nicht anders wollen."

"Okay, Abe. Lass es bei mir. Ich melde mich, wenn es fertig ist und du kannst El mitbringen." Er zögerte.

"Ich würde in der Zwischenzeit mit Benjamin darüber sprechen, auch wenn es eine hypothetische Situation ist."

"Wenn es unterschrieben ist, ist es dann offiziell?" fragte Abe. "Was ist, wenn wir es uns anders überlegen?"

"Ich füge ein Kodizil bei. Für den Fall, dass ihr das Angebot in Zukunft zurückziehen wollt."

"Danke, Travis."

"Oh, und du bist rechtlich nicht verpflichtet, dem Jungen den Kodizill zu zeigen, es sei denn, du willst es. Und wenn wir ihm die Papiere zur Unterschrift vorlegen, sollte er seinen eigenen Anwalt dabei haben. Wenn er sich das nicht leisten kann, schlage vor, dass er sich an die Rechtshilfe wendet, um Hilfe zu bekommen. Wir können das bei unserem Treffen besprechen, ich kann ihn informieren oder einen anderen Anwalt empfehlen. Wir müssen ihm ein wenig Zeit geben, bevor er unterschreibt."

"Benjamin ist wie ein Sohn für uns", sagte Abe, "und ich möchte es ihm leicht machen."

"Warte mal, Abe, setz dich bitte", sagte Travis. "Ich bin euer Anwalt, aber ich kann nicht euch beide vertreten. Es ist zu seinem eigenen Schutz, dass er einen anderen Anwalt als mich bekommt."

"Wir kennen uns schon seit fünfundzwanzig Jahren", sagte Abe. "Ich vertraue dir. Der Junge kann sich keinen anderen Anwalt leisten. Es erscheint mir lächerlich, einen anderen zu bezahlen, wenn ich dir vertraue."

"Ich werde ihm alles unter vier Augen erklären, damit er es versteht und Fragen stellen kann, ohne dass du oder deine Frau dabei sind. Das Kodizill ist zu deiner und El's Beruhigung. Es ist kein Vorwurf an den Jungen, sondern eine rechtliche Angelegenheit. Alles schriftlich festzuhalten, dient dem Schutz aller Beteiligten."

"Ich schätze deinen Rat", sagte Abe. Er hielt inne.

"Da fällt mir ein, dass ich neulich eine Wiederholung von Matlock gesehen habe."

"Ich habe die Serie geliebt", sagte Travis. "Bitte erzähl weiter."

"Nun, in der Folge wollten sie eine Ehefrau zwingen, gegen ihren Mann auszusagen. Es kam zu einem Chaos, aber Matlock konnte die Klage abweisen."

"Ah, dieser Matlock. Seitdem haben sich die Regeln geändert. In Kanada kann eine Ehefrau heute vorgeladen werden, um auszusagen, aber sie muss nichts preisgeben. Nicht, wenn es während der Ehe passiert ist. Das ist das so genannte Ehegattenprivileg, Abschnitt 4 des Canada Evidence Act.

"Wirklich interessant", sagte Abe. "Wie funktioniert das mit Kindern? Kann ein Elternteil gezwungen werden, gegen sein Kind auszusagen oder umgekehrt?"

"Darüber gab es im Laufe der Jahre viele Diskussionen."

"Und was steht im Gesetz?"

Travis ging zu seinem Bücherregal und blätterte, bis er fand, was er suchte. "Es ist das Grundrecht eines Kindes, in einem Präzedenzfall gehört zu werden. Das ist Artikel 12 aus dem Übereinkommen der Vereinten Nationen über die Rechte des Kindes. Ratifiziert im Jahr 1991." Er klappte das Buch zu und legte es weg. "Hast du noch weitere Fragen?"

"Nein, danke für deine Zeit." Abe stand auf und reichte ihm die Hand.

"Ich bleibe in Kontakt", sagte Travis.

Abe machte sich auf den Weg nach Hause. Jemanden zu haben, der sich um seine Frau kümmerte, wenn er weg war, hatte für ihn oberste Priorität. Als er fast zu Hause war, fragte er sich, ob Sergeant Miller irgendwelche Neuigkeiten zu berichten hatte. In dieser Situation war keine Nachricht eine gute Nachricht. Als er endlich zu Hause ankam, ging er hinein.

KAPITEL 21

SGT. MILLER AUF DEM POLIZEIREVIER

SERGEANT MILLER BEOBACHTETE, WIE Männer und Frauen in Handschellen in die Wache geführt wurden. Er fühlte sich wie in einer schlechten Reality-Sendung.

"War es eine Party?", fragte er den verhaftenden Beamten.

"Ja, eine Straßenparty auf der East Side. Überall Drogen und Alkohol."

Eine Frau fiel ihm ins Auge, als er ein Formular unterschrieb. Sie war blond, trug einen viel zu kurzen Rock und zu viel Make-up. Sie warf ihm einen Kuss zu. Er drehte ihr den Rücken zu. Lieber eine Leiche als so eine Mutter.

Er fragte sich, ob jede Mutter besser war als gar keine Mutter. Es war wie die Frage: "Wenn ein Baum im Wald fällt, hört das jemand? In der Theorie gab es keine richtigen Antworten, aber in der Realität war keine Mutter besser als die wenigen, denen er begegnet war.

Er kehrte gerade rechtzeitig in sein Büro zurück, um die Ergebnisse des Abdruckscans der Frau auf der Platte zu erhalten. Natürlich war sie in der Datenbank enthalten, aber sie war nicht immer eine Einheimische gewesen. Sie stammte aus Quebec. Er fragte sich, was sie in der Stadt zu suchen hatte. Er suchte weiter nach Informationen und fand eine Vermisstenmeldung. Ja, das war die Frau auf der Tafel. Er blätterte in der Akte und erkundigte sich nach ihrem Hintergrund. Dann rief er einen seiner Freunde drüben in Montreal an. Einer von denen, denen es nichts ausmachte, sich auf Englisch zu unterhalten - und erzählte ihm die Details.

"Die Leiche einer Frau wurde soeben gefunden. Laut einer Vermisstenmeldung, die über dein Büro eingereicht wurde, handelt es sich um Marie Levesque", sagte Miller.

Am anderen Ende der Leitung herrschte Schweigen, bevor das Büro LaPlante fragte: "Todesursache?"

"Ihre Kehle wurde durchgeschnitten, aber ob das die Todesursache war, ist noch nicht geklärt."

"Ich werde es ihn wissen lassen. Er arbeitet mit der Ontario Provincial Police zusammen."

"Er ist ein örtlicher Beamter? Ich kann mich mit ihm in Verbindung setzen, wenn du das möchtest. Sag ihm alles, was er wissen will, und wohin er kommen soll, um die Leiche zu identifizieren. Ich kann bei ihm sein, wenn er es wünscht. Wenn er hier keine Familie hat."

"Sie war alles, was er hatte", sagte LaPlante mit schwacher Stimme. "Er hat undercover gearbeitet."

Miller zögerte. "Könnte dieser Mord etwas mit seinen Ermittlungen zu tun haben? Ist seine Tarnung aufgeflogen?"

"Äh, ich weiß es nicht. Ich werde es hier an die große Glocke hängen. Ich werde herausfinden, was ich kann, und du tust dasselbe bei dir. Hast du Verbindungen zur Polizei?"

"Sicher, ich werde diskret sein."

"Danke, Alex."

"Kein Problem."

Miller legte auf, hielt das Telefon aber weiterhin an sein Ohr. Er rieb sich das Kinn an der Stelle, an der früher sein Bart stand. Er vermisste den Bart, aber seine Frau sicher nicht.

Wenigstens war es nicht die Mutter der kleinen Katie, aber es war trotzdem ein Mord. Wenn sich die Polizei einmischt, könnte es in der Stadt noch etwas komplizierter werden. Er wählte Abes Nummer und wartete, während es mehrmals klingelte.

***

"Hi Abe, hier ist Sgt. Miller, Alex hier."

"Hallo."

"Ich wollte nur wissen, wie es Katie geht?"

"Ja, Katie hat sich gut eingelebt", bestätigt Abe. "Gibt es etwas Neues über ihre Mutter?"

"Wir haben ein paar Hinweise, aber nichts Sicheres."

"Kann ich dir helfen?"

"Wir hätten gerne mehr Informationen über sie, zum Beispiel ihren Nachnamen."

"Sie heißt Walker, das habe ich im Gespräch mit einem ihrer Nachbarn herausgefunden."

Er setzte sich hin. "Wann?"

"Am Samstag. El war mit ihr einkaufen und ich bin mitgegangen, um mir das anzusehen."

"Ich nehme an, Mrs. Walker war nicht zu Hause?"

"Keine Spur von ihr oder jemand anderem. Ich habe mich mit den Nachbarn unterhalten."

"Hast du so getan, als wärst du einer von uns, ich meine, ein Polizist?"

"Ich? Ich glaube nicht, dass ich das schaffen würde, ich bin viel zu klein", sagte Abe. Beide lachten. "Keine Sorge, ich war diskret."

"Willst du uns irgendetwas Wichtiges mitteilen?"

"Äh, na ja, viele Männer. Ein Nachbar sagte, es sei, als hätte das Haus eine Drehtür. Er sagte, die Mutter sei das Gesprächsthema der Straße - und das nicht im positiven Sinne."

"Interessant. Hast du eine Feindseligkeit oder ein ähnliches Motiv gespürt?"

"Nein, ganz und gar nicht. Sie ist neugierig und gelangweilt - aber wahrscheinlich keine Mörderin. Die Frau, mit der ich die meiste Zeit verbracht habe, mochte Katie. Sie hat gesehen, wie sie das Haus verlassen haben. Sie fragte sich, warum sie ihre Puppe mit in die Schule nahm. Sie hat sie nie nach Hause kommen sehen. Meine Einschätzung war, dass diese Frau alles weiß, was auf der Straße vor sich geht."

"Okay, Abe, danke, dass du mir Bescheid gesagt hast. Halte dich aber von der Gegend fern und überlasse die Ermittlungen uns."

"Wenn du und die Beamten zu dem Haus gehen, würde ich gerne mitkommen, wenn ich kann."

Miller atmete tief und hörbar ein. "Es ist nicht üblich, einen Zivilisten mitzunehmen und es wird eine Weile dauern, bis wir einen Durchsuchungsbefehl bekommen. Wir werden wahrscheinlich die Tür aufbrechen müssen."

"Ich würde trotzdem gerne dabei sein. Ich verspreche, nicht im Weg zu sein - und die Nachbarn haben mich gesehen, kennen mich."

"Da du es bist, kann ich wohl eine Ausnahme machen, wenn du versprichst, im Fahrzeug zu bleiben, bis ich dir etwas anderes sage. Ich rufe dich an, sobald ich den Durchsuchungsbefehl beantragt habe und ein Team vorbeikommt. Wenn du bereit bist, kannst du dich uns anschließen. Wenn nicht, machen wir uns ohne dich auf den Weg zum Haus der Walkers. Verstanden?"

"Hundertprozentig", sagte Abe und lächelte in den Hörer. Er legte auf und wandte sich dann an seine Frau, die damit beschäftigt war, Katie die Haare zu bürsten: "Ich muss vielleicht raus, sobald das Telefon klingelt."

"Hat das etwas mit Katie zu tun?" fragte Benjamin. Er hatte gerade ferngesehen.

Abe rückte näher an ihn heran und flüsterte: "Das war Sergeant Miller in der Leitung. Sie haben noch keine definitiven Neuigkeiten."

"Kann ich mitkommen?" fragte Benjamin.

"Unnötig, aber danke", sagte Abe. Er senkte seine Stimme zu einem Flüstern: "Sergeant Miller wollte nicht, dass ich mitkomme, aber ich habe darauf bestanden. Wir beide zusammen werden ihr Haus untersuchen."

"Okay, lass mich wissen, was du herausfindest. In der Zwischenzeit kümmere ich mich hier um alles. Vielleicht gehst du mit Katie an die frische Luft." Benjamin stand auf und sagte: "Hat jemand Lust auf einen Spaziergang?"

"Ich!" Katie quiekte.

"Ich auch!" sagte El.

Sie gingen und Abe saß neben dem Telefon und wartete auf den Anruf von Sergeant Miller.

KAPITEL 22

NACHSEHEN

MILLER INFORMIERTE DEN POLIZEIPRÄSIDENTEN über Katies Situation. Während er auf den Durchsuchungsbefehl wartete, organisierte er zwei Beamte, die ihn begleiten sollten. Er rief Abe an: "Wir werden in zehn Minuten bei dir sein, bist du bereit?"

"Zehn-vier", antwortete Abe.

Die Beamten grinsten hinter Miller.

"Er ist ein guter Mann", sagte Miller, während er das Gaspedal durchdrückte.

Abe freute sich riesig, bei der Verhaftung dabei zu sein. Er lächelte, als der Streifenwagen vor dem Haus hielt. Miller stieg aus und reichte ihm eine kugelsichere Weste, die er unter seinem Hemd anzog.

Während er das tat, stellte Miller ihn den Officers Belago und Rippon vor. Er schüttelte ihnen die Hand. Er wollte sie wissen lassen, dass Abe Julius kein Weichei war.

Abe wollte sich auf den Rücksitz setzen, aber die beiden Beamten machten Platz, damit er vorne einsteigen konnte. "Und nein, du kannst nicht mit der Sirene spielen", sagte Miller. Die Beamten kicherten.

Miller hatte ein bisschen Bleifuß und ein Beamter auf dem Rücksitz sagte das auch. Er lachte. "Ich bin immer noch dein Chef, auch wenn ein Zivilist auf dem Vordersitz sitzt. Im Haus gehen wir drei rein. Abe wie vereinbart wirst du im Fahrzeug bleiben."

"Ja, ich verstehe, aber lass mich wissen, wenn du meine Hilfe brauchst."

"Äh, ja." Dann wirft er einen Blick in den Rückspiegel: "Wenn wir drin sind, sehen wir uns kurz um. Zieht wie immer eure Handschuhe an und denkt daran, dass ihr nichts anfassen oder bewegen dürft.

"Wie wir besprochen haben, wäre ein Foto von Mutter und Tochter sehr hilfreich. Such auch nach einem mit dem Vater darauf."

Abe rutschte in seinem Sitz hin und her. Er würde gerne noch eine Tasse Tee trinken und mit der neugierigen Nachbarin plaudern.

"Ich lasse das Radio an, wenn wir reingehen, dann kannst du ein bisschen Musik hören.

Sie hielten an einer verstopften Kreuzung an. Ein Unfall mit mehreren Fahrzeugen blockierte den Verkehr. Miller schaltete das Rotlicht und die Sirene ein und gab den Weg frei, nachdem er sich erkundigt hatte, ob es allen gut geht.

"Leihst du mir das mal?" fragte Abe und kurbelte das Fenster herunter.

Alle lachten, als Miller sagte: "Auf keinen Fall."

"Wir sind da", sagte Officer Belago.

Miller drehte die Lautstärke am Funkgerät auf. "Alles bereit, Abe. Du bleibst hier und wartest ab."

"Ich werde das Fahrzeug beschützen", sagte Abe.

Sgt. Miller zog seine Handschuhe an. "Los geht's, Jungs."

SGT. MILLER KLOPFTE ZUERST und klingelte dann an der Tür, während die Beamten Rippon und Belago Ausschau hielten. Als niemand antwortete, ging Rippon um die rechte Seite des Hauses herum, während Belago die andere Seite absicherte. Nach ein paar Augenblicken kamen sie zurück.

"Alles klar", sagte Belago.

"Alles klar, Boss."

"Okay, mal sehen, ob wir reinkommen, ohne die Tür aufzubrechen", sagte Miller.

Belago holte Werkzeug aus dem Kofferraum des Wagens. Sie knackten das Schloss im Handumdrehen.

Miller steckte seinen Kopf hinein und rief: "Hallo? Ist jemand zu Hause?"

Als sie nichts hörten, machten sie sich mit vorgehaltenen Waffen auf den Weg ins Haus. Das einzige Geräusch war das Brummen des Kühlschranks. Miller öffnete die Tür und sah, dass er mit Lebensmitteln, Gewürzen und mehreren Flaschen entkorkten Weins gefüllt war.

"Sieht nicht aus wie jemand, der eine Reise geplant hat", vermutete er.

Belago und Rippon untersuchten das Erdgeschoss.

"Alles sauber und gesichert", berichtete Belago.

Auf dem Kaminsims im Wohnzimmer waren Familienfotos ausgestellt. "Nimm das da", sagte Miller und zeigte auf ein Foto von einem kleinen Mädchen und einem Mann. Abe hatte keinen Vater erwähnt. Die Nachbarin hatte Abe erzählt, dass es im Haus viele Männer gab. Wer war dann der Mann auf dem Foto mit Katie? Nachdem er sich alle ausgestellten Fotos angeschaut hatte, war er überrascht, dass es keine Fotos von Mutter und Tochter gab.

Die Beamten folgten Miller die knarrende Teppichtreppe hinauf.

"Hallo, Polizei!" rief Miller, während er seine Waffe nach vorne richtete und auf alles gefasst war. Auf alles, nur nicht auf das, was ihm in die Nase stieg. Der unvergessliche Gestank des Todes.

Die Polizisten würgten unwillkürlich, als sie die Treppe hinaufstiegen. Auf dem Treppenabsatz war der Gestank nicht mehr zu ertragen.

Im Gegensatz zu dem Gestank war das erste Zimmer auf der rechten Seite ein Kinderzimmer, ganz in Rosa gehalten, mit Rüschen auf dem Bett und Blümchentapete.

Als sie weitergingen, wurde der Gestank immer schlimmer und ihre Augen füllten sich mit Wasser. "Das sieht nicht gut aus, Boss", sagte Belago, dann hielt er den Atem an.

"Es riecht auch nicht gut", antwortete Miller, während er sich auf den Raum am Ende des Ganges zubewegte.

Es stellte sich heraus, dass es das Hauptschlafzimmer war, dessen Tür weit offen stand und in dessen Bett ein toter Mann lag.

Und es war nicht irgendein toter Mann. Es war der Mann, den sie gerade unten auf einem Foto auf dem Kaminsims mit dem kleinen Mädchen gesehen hatten.

Er lag unter der Decke, aber der Oberkörper und der Unterkörper sahen seltsam aus, genauer gesagt, sie waren seltsam ausgerichtet. Aufrecht, aber nicht gerade. Er warf die Decke zurück.

"Mein Gott", sagte Officer Belago, als er den Mann neben sich sitzen sah.

"Warum sollte sich jemand so aufsetzen, nachdem er in zwei Hälften geschnitten wurde?" fragte Miller.

"Hier ist kein Blut", bemerkte Rippon, "und keine Blutspur."

Aus beiden Hälften des Torsos quollen fleischige Ranken hervor.

"Die Leichenstarre hat eingesetzt, das erklärt die Lage - irgendwie", sagte Miller. "Ich melde es, ihr zwei schaut euch nach der Waffe um." Dann sprach er wieder in das Telefon.

"Ja, hier ist Sergeant Miller. Wir brauchen ein komplettes forensisches Team hier unten. Und Verstärkung, um das Grundstück zu sichern. Außerdem den Gerichtsmediziner, einen Krankenwagen und einen Leichensack. Oh, und sag ihnen, dass sie die Sirenen nicht benutzen sollen - wir wollen nicht, dass die ganze Nachbarschaft rauskommt, um das Spektakel zu sehen. Ja, zehn vor vier."

"Chef, wir haben etwas gefunden", rief Belago aus dem unteren Flur.

Das Badezimmer war ein blutiges Durcheinander. In der Badewanne: eine Kettensäge. Sie war mit Bleichmittel übergossen worden, um den Geruch des Blutes zu überdecken.

"Hier wurde er definitiv geschnitten", sagte Rippon und hielt sich die Nase mit dem Handrücken zu.

"Bleiche, Blut und Lufterfrischer - eine tödliche Kombination", sagte Miller und kämpfte gegen einen Hustenanfall an.

Er rief erneut: "Das Forensikteam soll in voller Montur kommen." Dann wandte er sich an die Beamten: "Mal sehen, welche Beweise wir zusammentragen können, bevor die anderen eintreffen."

"Was ist mit deinem Freund im Auto?"

"Er bleibt, wo er ist, bis ich ihm etwas anderes sage."

"Nicht der neugierige Typ?" fragte Belago.

"Er ist schon neugierig, aber er weiß, wann er die Grenze ziehen muss."

KAPITEL 23

THE BODY

SIE KEHRTEN IN DEN Raum mit der Leiche zurück, als Millers Telefon klingelte. Es war der Polizeichef, der nach weiteren Einzelheiten über den ermordeten Mann fragte. "Er ist schon seit ein paar Tagen tot, Mitte dreißig, männlich, weiß."

"Weißt du, wie er gestorben ist?"

"Ja. Wir haben eine Kreissäge im Badezimmer gefunden. Er wurde dort zerstückelt und dann in zwei Teilen ins Bett gelegt. Sie haben sich sehr viel Mühe gegeben, den Körper zuerst zu entleeren und die Teile unter die Bettdecke zu legen. Es war, als säße er neben sich."

"Klingt nach jemandem, der einen seltsamen Sinn für Humor hat."

"Hier leben eine Mutter und ein Kind. Dieser Typ war auf einem Foto auf dem Kaminsims mit der kleinen Katie zu sehen. Ich wüsste nicht, wie eine Frau das ohne Hilfe geschafft haben sollte."

"Klingt zumindest nach einem Job für zwei Personen. Erzähl mir alles, wenn du wieder auf dem Revier bist."

"Mach ich", sagte Miller und beendete die Verbindung.

"Sarge", flüsterte Rippon, "der Typ kommt mir irgendwie bekannt vor."

"Er war auf dem Foto unten."

Miller lachte. "Ich stimme dir zu, er sieht wirklich wie jemand aus. Vielleicht stammt er aus einer prominenten Familie?"

"Hallo!", rief eine Frauenstimme von unten.

"Mein Gott, wer ist das denn?" fragte Miller und ging zum oberen Ende der Treppe.

Die Frau im Foyer passte auf die Beschreibung der "neugierigen Nachbarin", von der Abe sagte, er habe mit ihr gesprochen. Er lehnte sich über das Geländer.

"Bitte verlassen Sie sofort das Haus."

Sie rührte sich nicht, als wären ihre Füße fest zementiert. Sie begann zu plappern: "Ich mache mir solche Sorgen um das kleine Mädchen, das arme Ding."

Er ging die Treppe hinunter, "Du musst gehen."

Sie sprang auf.

"Danke für deine, äh, Sorge, aber du musst jetzt gehen." Er führte sie aus dem Haus und auf den Vorgarten. Er schaute Abe an und fragte sich, warum er sie nicht davon abgehalten hatte, ins Haus zu gehen, dann erinnerte er sich daran, dass er seinem alten Freund die Anweisung gegeben hatte, auf jeden Fall beim Fahrzeug zu bleiben.

Miller kehrte ins Haus zurück und schloss die Haustür hinter sich ab. Er war heruntergekommen, als das forensische Team und die anderen eintrafen, und hatte sie hereingelassen, anstatt das Risiko einzugehen, dass sich andere Nachbarn ins Haus wagen könnten.

Judy Smith schniefte auf dem Rasen in ihr Taschentuch und entdeckte dann Abe im Auto. Sie winkte ihm zu und er winkte zurück.

Dann ging sie über die Straße in den Vorgarten ihres eigenen Hauses und blieb dort stehen und staunte.

***

Es DAUERTE NICHT LANGE, bis mehrere Fahrzeuge die Einfahrt füllten und die Straßen säumten.

"Hier gibt es nichts zu sehen", sagte einer zu Judy Smith.

Abe beobachtete alles, was um ihn herum geschah, und wollte unbedingt wissen, was passiert war. Was hatten sie da drinnen gefunden? War die Mutter von Katie tot? Sie hatten eine Bahre für jemanden mitgenommen. Vielleicht war sie verletzt? Und Judy Smith war geradewegs in das Haus gelaufen, frech wie eh und je. Wenn er doch nur rauskommen und Fragen stellen könnte.

Er sah weiter zu, wie sie das Grundstück mit dem gelben Band absperrten, das er nur aus dem Fernsehen kannte. Und das Team, das mit Masken und Handschuhen hineinging - das war die Spurensicherung. Er hatte sie auch im Fernsehen gesehen.

Er fühlte sich wie eine Stachelbeere und war froh, als Miller wieder im Auto saß.

Sie fuhren weiter - während der ganzen Fahrt sagte Miller kein einziges Wort. Nicht einmal ein Abschiedsgruß, als Abe aus dem Auto stieg.

***

Auf dem Rückweg zum Haus der Walkers ging Miller noch einmal durch, was er wusste. Er war dankbar, dass Abe ihn nicht mit Fragen gelöchert hatte.

Als er in der Straße vor dem Haus parkte, stieg er aus dem Auto aus. Er bemerkte, dass sich die Vorhänge verschoben hatten und fragte sich, ob der neugierige Nachbar dort wohnte. Er klopfte an die Haustür und zeigte seine Dienstmarke.

"Sergeant Miller", sagte er. "Tut mir leid wegen vorhin, aber Zivilisten dürfen den Tatort nicht betreten."

"Ich verstehe", sagte sie. Dann beugte sie sich vor: "Ich verpasse keine Folge von CSI und ich habe jeden einzelnen Agatha Christie-Roman gelesen."

Er lächelte. "Darf ich dir ein paar Fragen stellen?"

"Nein, ich helfe dir gerne. Ich bin die ganze Zeit zu Hause und habe Probleme mit der Mobilität. Komm rein und setz dich." Er folgte ihr ins Wohnzimmer. Ihr Stuhl stand halb in Richtung des Fernsehers und halb in Richtung der Straße. Der Raum roch schwach nach Zigaretten und VapoRub.

Die stämmige Frau ließ sich auf ihren Stuhl fallen, anstatt sich zu setzen.

Miller ließ sie Platz nehmen und fragte dann: "Wann hast du das letzte Mal jemanden aus dem Haus auf der anderen Straßenseite kommen oder gehen sehen?"

Sie faltete ihre Hände und legte sie auf ihren Schoß. "Am Freitagmorgen sind das kleine Mädchen und ihre Mutter gegangen, später als sonst."

"Sie heißt Katie, nicht wahr? Und ihre Mutter heißt Jennifer?"

"Ja, das ist richtig. Und sie haben die Puppe mitgeschleppt."

"Gibt es sonst noch etwas über Mrs. Walker? Wir haben gehört, dass sie ins Haus zurückgekehrt ist, nachdem sie ausgegangen war, aber ohne das Kind."

"Nicht, dass ich wüsste." Sie hielt inne. "Oh, da fällt mir ein, ich habe kurz geduscht." Sie zögerte, dann lehnte sie sich näher heran und flüsterte: "Ich bin keine Geschichtenerzählerin, aber eine Sache, die mir an Mrs. Walker auffiel, war, dass sie an diesem Morgen eine Perücke trug. Ich dachte mir, wo um alles in der Welt geht diese Frau mit ihrem kleinen Mädchen hin, das diese glitzernden Sandalen trägt und an einem Schultag eine Puppe dabei hat? Ich dachte, dass sie sie vielleicht zum Vorzeigen und Erzählen mitnimmt, aber das ist nur für jüngere Kinder." Sie zögerte.

Sie schaute aus dem Fenster, als ein Auto vorbeifuhr und fuhr dann fort. "Und sie hat sich so herausgeputzt und eine Perücke aufgesetzt? Das machte doch alles keinen Sinn. Und ich musste an das arme kleine Mädchen denken.

"Ich habe mein ganzes Leben lang in dieser Straße gelebt und viele seltsame Dinge gesehen. Ich bräuchte viel Zeit, um dir das alles zu erzählen." Sie holte tief Luft. "Aber das interessiert dich nicht, du interessierst dich für die Walker. Lass mich nur sagen, dass ich an diesem Morgen zum ersten und wahrscheinlich auch zum letzten Mal ein so ungewöhnliches Trio in unserer Straße gesehen habe."

"Eine Perücke, was?" Das war eine neue Information. Er holte seinen Stift und sein Papier hervor.

"Ja, es war seltsam. Abgesehen von der Perücke trug Katie Sandalen, die für die Schule unpassend waren. Als meine Jungs zur Schule gingen, waren solche Sandalen nicht erlaubt. Es gab Regeln zu befolgen. Alles ändert sich, immer zum Schlechteren." Sie ärgerte sich. "Außerdem hatte das Kind Mühe, mitzuhalten, und sie waren gerade erst aus dem Haus gegangen, und sie hatte die Puppe im Schlepptau."

"Was ist mit dem Tag davor, hast du etwas gesehen oder gehört?" Er kannte ihren Typ. Abe hatte Recht. Judy Smith hatte nichts Besseres zu tun, als ihre Nase in die Angelegenheiten anderer Leute zu stecken. Das war nicht gerade eine Eigenschaft, die er bei einem Freund oder Nachbarn suchte, aber in diesem Fall war sie vielleicht seine einzige Spur.

Sie dachte darüber nach. "Am Tag davor: nichts. Keiner kam oder ging." Sie zögerte. "Aber an den Tag davor erinnere ich mich an etwas. Möchtest du eine Tasse Tee?" Sie drehte ihren Körper ein wenig, um eine vorbeilaufende Katze zu beobachten.

"Nein danke", sagte er. "Bitte fahren Sie fort."

"Am Donnerstag war ich draußen, um Würmer für meinen Sohn zu holen."

Er blickte von seinem Notizblock auf.

"Mein Sohn fischt an seinem freien Tag. Der Arzt sagt, es ist in Ordnung, dass ich Würmer sammle."

Er nickte. "Nur die Fakten, bitte." Er wünschte sich so sehr, sie würde zum Punkt kommen.

"Ich habe Schreie und laute Stimmen gehört."

Er setzte sich auf und war nun wieder interessiert. "Die einer Frau? Einem Kind?"

"Eine Frau, ja. Und ein Mann."

Er nickte, damit sie fortfahren konnte.

"Als ich mit den Würmern fertig war, wurde alles still. Ich ging wieder rein."

"Weißt du, wer der Mann war oder wann er kam?"

Sie runzelte die Stirn. "Männer kamen und gingen in diesem Haus. Ich bräuchte eine umfangreiche Liste, um den Überblick zu behalten." Sie nahm ein Taschenbuch in die Hand und fächelte sich Luft zu. "Oh, ich erinnere mich an etwas anderes. Es ist mir gerade eingefallen. Am Freitag gegen Mittag, als sie zurückkam - Frau Walker, stand ein Auto bereit. Sie ließ es in die Garage."

"Was ist dann passiert?"

"Ich schlief ein. Ich schlafe manchmal hier in meinem Sessel. Aber ich hörte es ganz deutlich - ein brummendes Geräusch. Wie ein Rasenmäher, oder."

"Eine Säge?"

"Könnte eine Säge gewesen sein."

"Oh", sagte er. "Hast du das Fahrzeug wegfahren sehen?"

"Nein." Die Haustür öffnete sich quietschend und schlug dann zu. "Charlie?", rief sie. Charlie war ihr Sohn, der Taxifahrer, und nachdem sie sich ihm vorgestellt hatte, erzählte sie ihm von dem Gespräch.

"Ich bin am Freitagnachmittag zum Mittagessen nach Hause gekommen", sagte er. "Meine Mutter war in ihrem Stuhl eingenickt, aber das Geräusch hat sie geweckt. Ich hörte es, als ich von meinem Auto kam. Für mich klang es eindeutig wie eine Motorsäge."

"Ihr seid euch beide sicher, um wie viel Uhr das war?"
Sie nickten.

Oben hörte Miller einen Stuhl auf dem Boden schaben. "Ist da noch jemand im Haus?"

Zum ersten Mal schien die Frau nervös zu sein und rang die Hände, während sie sprach. "Ja, das ist mein anderer Sohn. Ich komme gleich hoch!", rief sie, ohne aufzustehen.

Ein Geräusch, wie das eines verwundeten Tieres, schallte durch das Haus. Nach zwei Versuchen war sie wieder auf den Beinen. "Sie sagen, er ist nicht ganz richtig im Kopf, aber er ist immer noch mein Sohn."

"Ist schon gut, Mom", sagte Charlie und klopfte ihr im Vorbeigehen auf den Arm.

"Ich würde ihn gerne kennenlernen", sagte Miller.

"Na klar - komm hoch", sagte Judy und stieg die erste Treppe hinauf, während sie sich an den Geländern auf beiden Seiten festhielt. Miller bildete das Schlusslicht. Oben angekommen, klopfte sie vorsichtig an, bevor sie eintrat. "Wir haben hier einen Gast, der dich sehen will, Liebes, er ist Polizist."

Miller drängelte sich vor und reichte dem Mann die Hand, die er nicht erwiderte. Stattdessen saß er mit den Fingern seiner rechten Hand auf der Tastatur eines kleinen Laptops. Der Mann schaute aus dem Fenster, als ein Auto vorbeifuhr und klickte auf der Tastatur.

Er durchquerte den Raum, um es sich genauer anzusehen. Der Mann tippte das Kennzeichen des Wagens ein, der draußen stand. Nicht nur das Auto, sondern jedes Fahrzeug, das er sehen konnte. "Interessierst du dich für Fahrzeuge oder für Nummernschilder?", fragte er.

"Nein, nein, nein!", schrie er und schlug sich mit beiden Fäusten auf die Seite seines Kopfes.

"Gerald, hör auf damit!", sagte seine Mutter, packte seine beiden Fäuste und küsste ihn auf die Stirn, nachdem er sich beruhigt hatte, während sie sie losließ. "Der nette Mann hat nur Interesse an deiner Arbeit gezeigt."

Gerald tippte auf seiner Tastatur herum.

"Wir gehen jetzt, sei nicht so unhöflich und bring deine Mutter in Verlegenheit. Mach weiter so mit deiner hervorragenden Arbeit." Sie schloss die Tür hinter ihnen. Auf der Treppe sagte sie: "Er hat Probleme."

"Haben wir das nicht alle?", antwortete Miller. Als sie wieder im Wohnbereich waren, war Charlie nicht mehr da.

Er wartete darauf, dass sie sich setzte, bevor er sich selbst hinsetzte. "Du hast das, was er gemacht hat, Arbeit genannt, was hast du damit gemeint?"

"Hast du schon mal von dem Begriff Hexakosioihexekontahexaphobie oder Triskaidekaphobie gehört?", fragte sie.

"Leider nicht. Aber Phobie fällt auf. Er hat Phobien, wovor hat er Angst?"

"Er hat Angst vor Zahlen wie sechsundsechzig und dreizehn. Es gibt keinen vernünftigen Grund dafür. Als er sich mit einer Psychiaterin traf, schlug sie vor, dass er ein Buch über Buchstaben oder Zahlen führt. Er notiert sich Autokennzeichen, denn die kann er am leichtesten sehen, wenn er die meiste Zeit in seinem Zimmer ist."

"Es könnte für uns von Vorteil sein, wenn wir sehen, was er aufgeschrieben hat. Wie lange macht er das schon?"

"Seit Jahren, und ja, das ließe sich arrangieren, wenn es helfen würde."

"Ich weiß nicht, ob du es weißt, aber Jennifer Walker ist verschwunden. Jede Information über ihr Kommen und Gehen wäre hilfreich."

Er reichte ihr seine Karte. "Hier ist meine E-Mail-Adresse. Wenn du mir die Akte schickst, muss sie nicht aufgehübscht werden. Ich werde meine Leute sie durchsehen lassen und schauen, ob wir etwas gebrauchen können."

Sie brachte ihn zur Tür und winkte ihm zum Abschied. Als er wegging, sah Miller, wie sich die Vorhänge im Obergeschoss ein wenig öffneten und dann wieder schlossen.

Der junge Mann im Obergeschoss hatte eine Fundgrube an Informationen. Wahrscheinlich hatte er die Nummernschilder aller Fahrzeuge gespeichert, die jemals in der Straße angekommen waren.

Er fragte sich, ob die Nachbarn wussten, dass sie und die Fahrzeuge ihrer Gäste erfasst wurden. Er lächelte. Wenn sie es wüssten, würde es ihnen sicher nicht gefallen - und es verstieß wahrscheinlich gegen alle Datenschutzgesetze, die es gibt. Trotzdem hatte er einen Mord aufzuklären und eine vermisste Frau zu finden - und er würde jedes Mittel nutzen, um die Ursache dafür zu finden.

Als er zum Bahnhof zurückfuhr, dachte er daran, wie leicht es für Abe war, den neugierigen Nachbarn zu finden. Er hatte einen guten Instinkt und wurde schnell fündig, und es war sein erster Besuch in der Nachbarschaft. Es war eine faire Einschätzung, dass alle Nachbarn von Judy Smiths Angewohnheit wussten, ihre Nase in ihr Leben zu stecken. Hatte derjenige, der die Leiche zerstückelt hatte, sie deshalb unter der Decke liegen lassen, anstatt sie zu entsorgen?

Er kehrte zum Bahnhof zurück. So sehr er sich auch anstrengte, er konnte den üblen Gestank des Todes nicht aus seiner Nase vertreiben. Er überprüfte seine E-Mails, noch nichts von der Frau Smith.

Da es keine Nachrichten oder neue Informationen gab, die er weiterverfolgen konnte, ging er zum Leichenschauhaus hinüber. Zumindest konnte er sie auf den neuesten Stand bringen - Jennifer Walker hatte eine Perücke getragen. Jetzt musste er die Suche ausweiten.

Viel mehr konnte er nicht tun, bis sie den Toten eindeutig identifiziert hatten. Er wünschte, er könnte sich daran erinnern, wo er ihn gesehen hatte. Die Erinnerung war einfach unerreichbar.

Eines wusste er ganz sicher: Der Mann führte nichts Gutes im Schilde.

KAPITEL 24

ABE UND EL

ALS ER NACH HAUSE kam, ging Abe direkt in sein Büro. Er brauchte Zeit für sich, um alles zu verarbeiten, was er gesehen hatte.

"Klopf, klopf", sagte El, als sie eintrat. "Du siehst besorgt aus, Schatz", sagte sie und massierte ihrem Mann sanft die Schulter.

"Ich denke nur nach", sagte er und richtete sich im Sessel auf. El massierte weiter seine Schultern, dann wanderten ihre Hände zu seinem Nacken.

Als ihre Finger zu schmerzen begannen, fragte sie: "Möchtest du eine heiße Tasse Tee?"

Abe stand auf. "Gern, aber ich hole ihn mir selbst." Er verließ das Büro.

El folgte ihm: "Warum mache ich dir nicht auch einen? Ich könnte auch eine Tasse Tee gebrauchen."

"Nein, lass mich", sagte Abe, als sie sich der Küche näherten. El folgte ihm dicht auf den Fersen.

"Hör auf, dich so aufzuregen!" sagte Abe etwas lauter, als er es erwartet hatte.

"Ist alles in Ordnung?" fragte Benjamin.

El sagte: "Alles ist in Ordnung. Wir entscheiden gerade, wer die bessere Tasse Tee macht. Bis jetzt denkt Abe, dass er gewinnt. Und jetzt geht zurück und schaut euer Spiel."

Benjamin und Katie schalteten gelangweilt den Fernseher aus und begannen mit einer Partie Dame zu spielen.

"Lasst mich dieses Mal nicht gewinnen!" sagte Katie.

"Niemals!" sagte Benjamin über das Klirren und Scheppern der Tassen und Untertassen in der Küche hinweg.

Ein paar Augenblicke später tauchte El im Wohnbereich auf. "Wer hat gewonnen?", fragte sie.

"Pssst", sagte Katie. "Er konzentriert sich."

Benjamin lächelte.

"Es ist ein schöner, sonniger Tag da draußen und ich denke, ihr solltet rausgehen und frische Luft schnappen. Oder vielleicht mit einem Ball spielen!"

"Das ist eine clevere Idee. Komm schon!" sagte Benjamin.

"Das sagt er nur, weil ich gewinne!" gurrte Katie, als sie ihm zur Tür hinaus in den Garten folgte.

Aus dem Spirituosenschrank in der Ecke des Raumes goss El einen Schuss von Abes fünfzig Jahre altem Lieblings-Scotch in ein Glas. Sie fügte einen Spritzer Soda hinzu. Sie trug es zu ihm.

"Ich dachte, etwas Stärkeres könnte deine Nerven beruhigen."

Er lächelte, dankte ihr und berührte ihre Hand. "Es tut mir leid, El."

Sie küsste ihn auf die Stirn und ging dann zum Küchenfenster, das auf den Garten hinausging. El lachte und bald gesellte sich Abe zu ihr. Gemeinsam sahen sie den beiden Kindern zu, die im Garten spielten und rannten.

Abe nahm ein paar Schlucke und entspannte sich. Er hoffte, dass der Leichensack, den er im Haus gesehen hatte, nicht die Leiche von Katies Mutter Jennifer Walker enthielt.

KAPITEL 25

SGT. MILLER

MILLER KAM IM LEICHENSCHAUHAUS an und unterhielt sich kurz mit dem Leiter der forensischen Pathologie J. T. Patterson, der ihn dann verlassen musste, um sich um eine Identifizierung zu kümmern.

Wenige Augenblicke später kamen die Autopsietechniker mit dem Leichensack aus dem Haus der Walkers. Darin befanden sich ein Identifizierungsbogen und ein Behälter mit der Aufschrift "Persönliche Gegenstände". Ein Fotograf machte Fotos, als das Siegel entfernt wurde. Dann wurde die Leiche auf den Untersuchungstisch gelegt. Miller ging ihnen aus dem Weg, während die Leiche von den Leichenbestattern ausgewickelt wurde.

Patterson betrat wieder den Raum und zog ihn zur Seite. "Ein Polizeibeamter ist oben im Untersuchungsraum. Er hat gerade die Leiche seiner Frau identifiziert."

"Levesque?" fragte Miller.

"Ja, kennst du ihn?"

"Nein, aber ich habe die Leiche gemeldet und aufgrund der Informationen, die ich in der Datenbank gesehen habe, dachte ich, dass sie es ist."

"Würdest du dich mit ihm unterhalten? Von dort oben kannst du alles sehen, was hier unten vor sich geht. Es wird noch eine Weile dauern, bis wir mit der Autopsie beginnen."

"Klar doch."

"Wenn wir anfangen, kannst du gerne Fragen stellen. Wir werden sie hören und beantworten können, auch wenn unsere Antworten vielleicht nicht sofort kommen. Unsere Priorität ist die Leiche der Person."

"Und das zu Recht", sagte Miller. Dann verließ er den Raum und hielt auf dem Weg kurz an, um sich eine Tasse heißen Tee aus dem Automaten zu holen. Er reichte sie Levesque, stellte sich vor und sagte: "Das mit deiner Frau tut mir leid.

"Merci. Sie war alles für mich, mon monde entier. Unsere Kinder haben es auch nicht geschafft. Das hat ihr das Herz gebrochen. Deshalb sind wir hierher gezogen, um einen Tapetenwechsel zu haben und neu anzufangen." Er unterdrückte ein Schluchzen und nahm dann einen Schluck von dem heißen Tee. "Gut", sagte er.

"Es tut mir sehr leid."

"Danke."

Miller und Levesque saßen Seite an Seite, während das Personal unten mit der Autopsie begann.

"Können wir woanders hingehen?" sagte Miller.

"Nein, das ist nicht meine Frau. Mir geht es gut."

Patterson kehrte in den Autopsieraum unten zurück, bekleidet mit einem OP-Anzug, OP-Kleidung, Handschuhen und hohen schwarzen Stiefeln. Miller und Levesque sahen zu, wie sie Proben entnahmen und sie in Behälter legten, die dann in Biosicherheitsschränke gestellt wurden.

Als sie anscheinend fertig waren, fragte Miller: "Äh, was wisst ihr bis jetzt?"

"Danke fürs Warten", sagte Patterson. "Anhand der Blutergüsse um Nase und Mund und der blutunterlaufenen Augen ist der Tod durch Ersticken sehr wahrscheinlich. Wir müssen allerdings auf die Blutproben aus dem Labor warten, um das zu bestätigen."

"Er war also schon tot, bevor er in zwei Hälften geschnitten wurde?"

"Ich würde sagen, ja", bestätigt Patterson.

"Ich kenne diesen Mann", sagte Levesque und verschüttete dabei fast seine Tasse Tee, die er jetzt auf dem Sims abstellte.

Miller trat näher heran. "Wer ist er? Ich habe ihn auch wiedererkannt, genauso wie meine Beamten, aber keiner von uns konnte sich erinnern, wo wir ihn gesehen hatten."

"Sein Name ist Mark Wheeler. Wir haben gegen ihn und seine Komplizen aus dem Drogenhandel ermittelt. Er ist der Sohn von F. D. Wheeler, dem Milliardär und Medienmagnaten."

Miller erinnerte sich jetzt daran, dass er Vater und Sohn schon einmal bei einer Spendenaktion getroffen hatte. "Sagt dir der Name Jennifer Walker etwas?"

"Ja, sie war seine letzte Eroberung - seine kleine Nebenbeschäftigung. Was ist mit ihr passiert?"

"Wir haben ihn so in ihrem Haus gefunden und sie ist verschwunden."

"Ist sie eine Verdächtige?"

"Auf jeden Fall. Und hör dir das an: Sein Körper wurde mit einer Säge in zwei Hälften geschnitten. Er lag auf dem Bett, als ob er neben sich sitzen würde."

"Das klingt nach einer Aussage."

"Eine Aussage, die von wem gemacht wurde? Und für wen?"

"Das weiß ich nicht", sagte Levesque.

Miller fügte hinzu. "Jennifer Walker hatte ein kleines Mädchen; wusstest du das?"

"Nein, das wusste ich nicht. Ist sie auch verschwunden?"

"Nein, sie ist in Sicherheit, aber keine Spur von ihrer Mutter. Und das Haus war ein einziges Durcheinander. Sie kann nicht dorthin zurückgehen."

Levesque stand auf. "Es tut mir leid, das zu hören, aber sie warten im Bestattungsinstitut auf mich. Wenn mir etwas einfällt, was helfen könnte, lasse ich es dich wissen. Danke für deine netten Worte und für die Tasse Tee." Er warf die leere Tasse in den Mülleimer und verließ den Raum.

Patterson sah Levesque gehen und sagte: "Ich rufe dich an, wenn wir etwas Bestimmtes wissen. Es hat keinen Sinn, hier zu bleiben. Bei manchen Dingen wird es Tage dauern, bis das Labor die Ergebnisse zurückbringt, bei anderen vielleicht nur Stunden, wenn wir Glück haben."

"Danke."

Miller kehrte zur Station zurück und klickte Mark Wheelers Namen in die Datenbank. Es gab eine Menge Informationen über ihn, sowohl gute als auch schlechte. Hauptsächlich Schlechtes, denn er war tief in das Drogengeschäft verstrickt. Er verbrachte den Nachmittag damit, Berichte auszufüllen und schickte ein paar Beamte los, um die Angehörigen zu benachrichtigen.

Miller war auf dem Revier damit beschäftigt, nachzusehen, wo er gebraucht wurde, als Patterson einige Stunden später anrief. "Die Ergebnisse sind gerade gekommen: Die Todesursache war Ersticken. Ich hatte recht - er war schon tot, als sie ihn in zwei Hälften geschnitten haben."

KAPITEL 26

TRAUTES HEIM

ES WAR KURZ VOR Mitternacht. Im Haus war es still, bis auf ein einziges Geräusch: Abes nackte Füße, die auf dem Parkettboden aufschlugen, während er hin und her ging. Er war größtenteils angezogen, bis auf seine Socken und Schuhe. Er seufzte, verschränkte die Hände hinter dem Rücken und ging weiter. Dann drehte er sich um und schritt in die entgegengesetzte Richtung.

El saß in ihrem Nachthemd und cremte sich die Wangen und die Stirn ein. Sie schob ihr Kissen hoch und nahm ein Buch mit Gedichten von Mary Oliver vom Nachttisch und begann zu lesen. Obwohl Mary ihre Lieblingsdichterin war, konnte sich El einfach nicht auf die Worte oder den Rhythmus der Zeilen konzentrieren.

Sie klappte das Buch zu, zog die Decke hoch und beobachtete, wie ihr Mann auf und ab ging. Schließlich fragte sie: "Was ist denn los, mein Schatz?"

Abe hielt kurz inne, ging dann aber sofort wieder auf und ab.

"Sag es mir. Du weißt, was man über ein geteiltes Problem sagt."

"Ich kann nicht."

El drehte das Bett um und stieg in ihre Hausschuhe. Sie führte Abe an der Hand und setzte ihn am Ende seiner Seite des Bettes ab. Sie kniete sich hin, nahm seinen Kopf in ihre Hände und massierte seine Schläfen. Abe wehrte sich zunächst, vor allem weil er übermüdet war, aber bald beruhigte sich seine Atmung. Sie öffnete seine Knöpfe und zog ihm das Hemd aus, dann zog sie ihm das Nachthemd an. Sie versuchte, seine Hose aufzuknöpfen.

"Den Rest kann ich selbst machen", sagte Abe, während er seine Hose aufmachte und seine Unterwäsche herunterzog.

El hob die schmutzige Kleidung auf und legte sie in den Wäschekorb. Als sie zurückkam, stand Abe wie ein kleiner Junge da und wartete darauf, dass seine Mutter ihn ins Bett steckte.

"Wie du willst", sagte sie, führte ihn an der Hand, plusterte sein Kissen auf und legte ihn unter die Decke.

"Danke, Schatz", sagte er und gähnte.

El kehrte auf ihre Seite des Bettes zurück und zog ihre Pantoffeln aus. Sie schlüpfte unter die Decke oder versuchte es zumindest, aber wie immer nahm ihr Mann die meiste Wärme für sich in Anspruch.

Leise schob sie ihr Kissen hin und her und versuchte, sich wieder aufzurichten, aber es gelang ihr nicht. Stattdessen hörte sie, wie sich seine Atmung veränderte, und dann wusste sie, dass er fest schlief.

Das Mondlicht fiel durch die Vorhänge und warf einen magischen Schatten auf ihre Seite des Bettes. Sie döste ein und erinnerte sich an den Tag, an dem sie ihren Mann zum ersten Mal traf.

Sie und ihr Vater arbeiteten im Familienunternehmen. Sie verkauften Stoffe aus der ganzen Welt und jedes Accessoire, das sie in die Finger bekamen, das mit Nähen zu tun hatte. Ihr Vater war stolz darauf, die neuesten und modernsten Nähmaschinen zu verkaufen. Ihre Mutter, an die sie sich nicht mehr erinnern konnte, war die Inspiration für den Laden gewesen. Ihre Mutter war bei der Geburt ihrer Schwester gestorben.

Als sie das Geschäft eröffneten, erledigten sie und ihr Vater den Großteil der Arbeit. Ihre Schwester half, wenn sie konnte. Die meistverkauften und begehrtesten Stoffe waren die aus Asien und Europa importierten.

Dann kam eines Tages ein Stoffverkäufer herein: Abe. Ihr Vater hatte ihn auf einer Einkaufskonferenz in New York kennengelernt. Er lobte den jungen Mann und sagte, er sei der geborene "Stoffanrührer".

"Der Junge hat ein Händchen dafür", sagte ihr Vater. "Eine gottgegebene Gabe, Qualität zu spüren und Trends zu erkennen, bevor sie zu Trends in der Stoffindustrie werden."

"Warum stellen wir ihn nicht ein, Vater?" fragte El.

"Ich glaube nicht, dass wir ihn uns leisten können. Aber ich habe ihn zum Abendessen eingeladen. Du kannst dein spezielles Brathähnchen, Kekse und Kartoffelpüree kochen. So können wir herausfinden, ob der Weg zum Herzen eines Mannes wirklich über das Essen führt."

Sie lachte, aber sie war aufgeregt, diesen neuen Mann kennenzulernen. Diesen Abe mit dem Geschenk.

Am Nachmittag kam er in den Laden. Sie ahnte sofort, dass er es war. Er war etwas über 1,80 m groß und trug einen grauen Anzug, der sich wie eine zweite Haut an ihn schmiegte. Sein blondes Haar war ordentlich zurückgekämmt und nicht zu stark gefettet. Sie fühlte sich zu ihm hingezogen wie eine Biene zum Basilikum, als sie ihm dabei zusah, wie er mit seinen Fingern durch die teuerste Auswahl an importierten Stoffen fuhr.

Ihr Vater schritt durch den Laden auf ihn zu. "Willkommen, Abraham", sagte er, als sie sich die Hand gaben. "Das ist meine Tochter, El."

"Ich ziehe es vor, Abe genannt zu werden", sagte der junge Mann.

El wurde rot, sie hatte noch nie gehört, dass jemand ihrem Vater widersprochen hatte. Auch heute noch wurden ihre Wangen warm, wenn sie an diesen Moment dachte.

Dann gab es noch andere Momente. Stärkere Momente, in denen sie eine Gänsehaut auf ihren Armen bekam. Es war eine magische Verbindung. Sie waren wie füreinander geschaffen. Als Hochzeitsgeschenk schenkte ihr Vater ihnen den Laden.

Zwei Jahre später starb ihr Vater, und ihre Schwester zog weg, um mit ihrem Mann eine Familie zu gründen. In der Zwischenzeit hielten sie und Abe das Geschäft am Laufen, auch wenn die Zeiten sehr hart waren.

El, die sich immer Kinder gewünscht hatte, konnte nicht schwanger werden. Nach einigen Tests wurde bestätigt, dass sie nicht schwanger werden konnte. Sie machte sich Sorgen, Abe zu enttäuschen, aber es machte ihm nichts aus - oder wenn doch, ließ er es sie nicht wissen. Das Geschäft wurde zu ihrem Baby.

Dann, nachdem sie neunzehn Jahre verheiratet waren, betrat ein junger Mann den Laden. Abe beobachtete den zerlumpt aussehenden Jungen, in der Erwartung, dass er etwas stehlen würde, und bereit, die Polizei zu rufen.

El bemerkte: "Schau mal, der fasst auch Stoffe an."

Sie gingen auf den Jungen zu, der sofort in Tränen ausbrach.

"Möchtest du eine Tasse Kakao?" fragte El.

Er nickte und folgte ihr in die Küche, während Abe hinterherlief. Sie machte ihm eine Tasse heißen Kakao mit zwei Scheiben gebuttertem Toast und sie setzten sich zusammen an den Tisch.

Der Junge griff nach einer Scheibe Brot, sah sich dann seine schmutzigen Hände an und versteckte sie.

"Das Bad ist gleich den Flur runter", sagte El. "Du kannst dich dort frisch machen."

Während er weg war, sagte Abe: "Ich hoffe, du hast nicht mehr gebissen, als du kauen kannst, Liebes. Es ist offensichtlich, dass er auf der Flucht ist. Er riecht und - sollten wir nicht die Polizei anrufen und sie herausfinden lassen, wer er ist?"

"Er ist klein und harmlos. Schau erst mal, ob er uns von seiner Notlage erzählen will. Vielleicht können wir ja helfen."

"Wie du willst", sagte Abe, als der Junge mit sauberen Händen und einem blitzsauberen Gesicht zurückkam.

Er aß zuerst den Toast, dann pustete er auf die heiße Schokolade und trank sie herunter. "Danke."

"Oh, gern geschehen", sagte El. "Gibt es jemanden, den wir anrufen sollen, damit er dich abholt? Deine Mutter oder deinen Vater?"

Er brach in Tränen aus. "Sie sind tot."

El ging zu ihm und warf ihre Arme um ihn, während er von dem Autounfall, der Pflegefamilie und allem Schlimmen, das ihm passiert war, erzählte. Und vor allem, dass er nicht mehr zurück kann.

"Ich habe einen Freund auf der Polizeiwache", sagte Abe. "Vielleicht kann er helfen."

El hielt den Jungen in ihren Armen, während sie auf Abes Freund warteten. "Er ist ein netter Mann", sagte sie. "Er wird wissen, was zu tun ist." Der Junge kuschelte sich an sie.

Als Sergeant Miller später eintraf, hatte El dem Jungen bereits das Gästezimmer angeboten, bis etwas Dauerhaftes gefunden werden konnte. So wurden sie zu einer Familie.

Jetzt waren sie alle aufeinander angewiesen und der Laden verkaufte keine Stoffe mehr. Aber sie hatte immer noch zwei Stoffberührer in ihrem Leben, und wer weiß, wann ihre Talente wieder gebraucht werden würden. Sie wusste, dass alles zyklisch ist.

El schaute auf ihren schlafenden Mann hinunter. Sie küsste ihren Finger und drückte ihn an seine Stirn, vorsichtig, um ihn nicht zu wecken. Er lächelte, gerade als Katie einen Schrei im Flur ausstieß.

KAPITEL 27

KATIE

"KATIE", FLÜSTERTE EINE STIMME. "Katie."

"Mami, wo bist du?"

Das kleine Mädchen rieb sich die Augen und konnte sich zunächst nicht erinnern, wo sie war. Sie warf die Decke zurück und trat auf den kalten Boden. Dann kroch sie auf die andere Seite des Zimmers und schaltete das Licht an. Jetzt machte sie sich auf den Weg zum Fenster, wo die Vorhänge hin und her flatterten.

"Mami, bist du das?"

Der Lüftungsschacht im Boden unter dem Fenster und die Wärme, die von ihm ausging, zogen sie an wie ein Magnet. Als sie auf den Schlot trat, blähte sich ihr Nachthemd um sie herum auf und füllte sich mit der Wärme der Hitze.

"Katie", flüsterte die Stimme wieder. "Wo bist du, Katie?"

"Ich komme, Mami", sagte sie und versuchte, aus dem Fenster zu schauen, aber es war zu hoch, um es zu erreichen.

"Ich warte auf dich", sagte ihre Mutter. "Ich warte hier."

Verzweifelt suchte das Kind nach etwas, auf das es sich stellen konnte. Sie nahm eine Vase mit Sonnenblumen von einem Tisch und schob sie unter das Fenster. Schob das Bett daneben. Stellte sich erst auf das Bett, dann auf den Hocker. Öffnete die Vorhänge. Auf der Straße unter uns war es stockdunkel, bis auf den Schein der Straßenlaternen.

"Mami!", rief sie und versuchte, das Fenster zu öffnen. Als sie die obere Verriegelung nicht erreichen konnte, ballte sie ihre Fäuste und hämmerte gegen die Scheibe.

"Katie", flüsterte ihre Mutter. "Katie."

"Warte, Mami, bitte warte auf mich."

Sie stieg vom Tisch, auf das Bett und auf den Boden und ging zum Bücherregal. Mit beiden Händen hob sie eine Buchstütze in Form des Buchstabens A an. Sie stellte sie auf das Bett, während sie darauf kletterte. Dann stellte sie es auf den Tisch, während sie darauf kletterte. Sie hob das A an und schleuderte es gegen das Glas.

Das Glas zersplitterte nach innen und außen und erwischte sie und die Umgebung mit Scherben.

"Mami!", schrie sie.

Sie schlief immer noch fest und schüttelte sich, während sie aus dem zerbrochenen Fenster schaute.

KAPITEL 28

EL UND KATIE

EL UND BALD AUCH Benjamin bahnten sich ihren Weg durch den Flur in das Zimmer der kleinen Katie. Als sie sie fanden, lag sie, vom Mond beleuchtet, in einer Kugel auf dem Boden neben einem umgestürzten Tisch. Ihr blondes Haar und ihr Nachthemd bewegten sich zusammen, als ob der Wind vom Fenster mit dem Atem des kleinen Mädchens eins wäre. Sie bemerkten, dass sich das Blut um sie herum sammelte. Wie ein Geist, der sich in der Nacht erhebt, stand sie auf und rief: "Mami!"

"Vorsichtig, weck sie nicht auf", flüsterte El.

Sie beobachteten, wie die Ranken von den Vorhängen zu ihr schwebten. Der Blick auf ihrem Gesicht, der leere Blick ins Nichts, machte Benjamin Angst. Für ein paar Sekunden vergaß er zu atmen.

Der Mondschatten schwebte über ihr. Er betonte ihre Verletzungen. Es war, als wäre sie auf einer Insel, umgeben von Glas.

Benjamin schob sich vorbei: "Halt, nicht bewegen", flüsterte El, aber er hörte nicht auf sie. Er fegte über den Boden und zog Katie in seine Arme. Ihr Körper wurde schlaff. Er stand da und wartete, unfähig, sich vor Angst zu bewegen, als er ihren Namen flüsterte.

El kam zurück und trug den Erste-Hilfe-Kasten.

Er legte sie auf das Bett.

"Stell mir warmes Wasser in eine Schüssel." Er rührte sich nicht. "Benjamin, warmes Wasser. Und einen Waschlappen und Handtücher."

Er nickte und verließ den Raum, während El die Situation beurteilte. Sie hatte vor langer Zeit, bevor sie Abe kennenlernte, eine Ausbildung zur Krankenschwester gemacht. Sie hoffte, dass sie sich daran erinnern konnte, was zu tun war.

Das Geräusch von Blutstropfen, die auf die sauberen weißen Laken prasselten, riss sie aus ihren Gedanken. Sie machte sich an die Arbeit und entfernte mit einer Pinzette die kleinen Splitter aus den Wunden. Katie schlief weiter.

"Sie muss schlafgewandelt sein", flüsterte Benjamin.

"Halte sie ruhig, damit ich nach Glassplittern suchen und sie entfernen kann."

"Sollen wir den Notruf anrufen?"

"Ich glaube nicht", sagte El. "Ich glaube, wir kommen schon klar." Sie machte weiter, bis alle Wunden desinfiziert und verbunden waren.

Katie wimmerte, aber sie wachte nicht auf.

KAPITEL 29

ZERBROCHENES GLAS

"WIR MÜSSEN SIE JETZT auf die Seite drehen", sagte El.

Benjamin stützte Katie auf die Seite, während El ihre Füße untersuchte. Nur ein paar Glassplitter waren durch die Oberfläche von Katies Füßen gebrochen. Die meisten klebten einfach an der Haut nahe der Oberfläche und waren leicht zu entfernen.

Ihre Atmung wurde mehrmals schneller, aber sie öffnete ihre Augen nicht. El legte ein warmes Tuch auf Katies Füße und wickelte sie ein, nachdem die Blutung gestoppt worden war. Dann hob sie beide Füße auf ein Kissen.

"Ich werde die ganze Nacht hier bleiben", sagte El. "Ich will nicht riskieren, sie allein zu lassen oder sie zu wecken, wenn ich aufstehe."

Benjamin ging, um sich das zerbrochene Fenster genauer anzusehen. Zuerst dachte er, jemand hätte versucht einzubrechen, aber dann sah er die Buchstütze auf dem Boden. Er hob sie auf und stellte sie zurück in das Bücherregal. "Ich bin gleich wieder da", sagte er.

Er ging in den Keller. Er fand eine Plastikfolie, die er mit Klebeband über das Fenster klebte, bis sie es reparieren konnten. Nachdem er es abgeklebt hatte, fegte er so viel von dem Glas weg, wie er konnte.

Erschöpft suchte er sich einen Platz am Ende des Bettes und schlief ein.

Der Wind pfiff ab und zu durch die Lücken im Klebeband, aber keiner der drei Schläfer wurde davon geweckt.

KAPITEL 30

WAKEY-WAKEY

Der Gesang eines Eichelhähers vor dem Schlafzimmerfenster veranlasste Abe, die Augen zu öffnen. Er gähnte und streckte sich. Als er bemerkte, dass seine Frau nicht da war, rief er ihren Namen. Als sie nicht antwortete, sah er, dass ihre Hausschuhe fehlten. "El!", rief er, als er sich auf den Weg in den Flur machte.

Als er an Katies Zimmer ankam, hielt er inne und schaute hinein. El war da, und Benjamin auch.

"El?", flüsterte er; sie wachte nicht auf.

In diesem Moment hörte er ein pfeifendes Geräusch, gefolgt von Klappen. Auf Zehenspitzen schlich er zum Fenster, um nachzusehen.

Die Vorhänge waren schief, und das Glas war provisorisch mit Plastik und Klebeband repariert worden. Da er sich keinen Reim darauf machen konnte, verließ er den Raum, schloss die Tür hinter sich und ging in die Küche.

Die Sonne ging gerade am tiefblauen Himmel auf, als er den Wasserkocher füllte und zusah, wie ein neuer Tag begann. Auf seiner To-Do-Liste stand nun, die

Versicherungsleute anzurufen, damit sie den Schaden begutachten, aber zuerst musste er herausfinden, was passiert war.

Sein Magen knurrte, also schob er zwei Scheiben Toast hinein und drückte den Hebel nach unten. Auf dem Weg zum Kühlschrank schnappte er sich einen Becher und einen Löffel. Während der Wasserkocher fertig wurde, holte er Milch und Butter aus dem Kühlschrank und steckte einen Teebeutel in seine Tasse. Er goss das dampfende heiße Wasser ein, gerade als das Brot fertig getoastet war.

"Morgen", lallte Benjamin.

"Morgen, mein Sohn", sagte Abe.

Etwas Unverständliches von Benjamin.

"Setz dich hin, der Kessel ist heiß und ich schenke dir eine Tasse Tee ein."

Benjamin gehorchte, ohne zu sprechen.

"Möchtest du eine Scheibe Toast?"

Der Teenager nickte.

Abe nahm seine getoasteten Scheiben heraus und knabberte eine Scheibe, dann noch eine. Er steckte einen Teebeutel in eine zweite Tasse, goss Wasser ein und rührte es um, damit der Tee schnell ziehen konnte.

Der ältere Mann wusste, dass die Zeit drängte, sonst würde Benjamin wieder einschlafen - und dann wäre er für den Rest des Tages nutzlos. Als der Tee fertig war, nahm Abe den Teebeutel aus der Tasse, fügte zwei Stück Zucker hinzu und goss dann einen Schuss Milch darüber.

Abe nahm die Hände des Jungen, die auf dem Tisch ruhten, und legte sie nacheinander auf die Tasse mit dem heißen Tee. Er beobachtete, wie Benjamin das dampfende Gebräu roch und lebendig wurde, bevor er einen Schluck nahm.

Als er sah, dass der Junge jetzt richtig wach war, machte Abe sich daran, den Toast fertig zu machen.

Abe beobachtete, wie Benjamin sich veränderte und von Minute zu Minute mehr in das Land der Lebenden zurückkehrte. Währenddessen trank er seinen Tee und aß den Rest seines Toasts.

Es vergingen Momente, in denen die Sonne durch das Fenster hereinkam und auf dem Profil des jungen Mannes tanzte. Als er den Eindruck hatte, ein Gespräch führen zu können, oder vielleicht war es auch nur ein hoffnungsvolles Denken, fragte Abe: "Erzählst du mir, was gestern Abend in Katies Zimmer passiert ist?"

"Nein."

"Nun, das habe ich nie."

"Nicht, wenn du mir nicht erzählst, was gestern in Katies Haus passiert ist."

"Oh, ich sehe, du bist noch wacher, als ich dachte", sagte Abe lachend. "Aber ich kann nicht."

"Und warum nicht?" sagte Benjamin, während er in den Toast biss. Die knusprige und salzige Butter schmeckte so gut.

"Weil mein alter Freund Sergeant Miller mich zur Verschwiegenheit verpflichtet hat. Wenn ich es dir sagen könnte, würde ich es tun. Jetzt sag mir, was mit dem Fenster passiert ist. Ich muss die Versicherung anrufen und das kann ich erst, wenn du mir sagst, was passiert ist."

Benjamin aß weiter seinen Toast.

"Also, willst du das Fragespiel spielen? Frage Nummer eins: Hat jemand versucht, einzubrechen und das Kind zu entführen?"

Benjamin, der inzwischen seinen Tee und seinen Toast aufgegessen hatte, lehnte sich im Stuhl zurück und verschränkte die Hände hinter dem Kopf.

"Ich glaube, sie ist schlafwandelnd gewesen. Soweit ich sehen konnte, war es die Buchstütze, mit der das Fenster eingeschlagen wurde. Ich kann mir aber beim besten Willen nicht erklären, warum. Das ergibt alles keinen Sinn."

"Das arme Kind. Warum hast du mich nicht geweckt?"

Benjamin lehnte sich weiter zurück, so dass die Vorderbeine des Küchenstuhls vom Boden abhoben. "Sergeant Miller würde nie erfahren, dass du mir etwas erzählt hast."

"Vertrauen ist Vertrauen. Entweder du tust es oder du schwörst es. Oder du tust es nicht. Es kommt darauf an, was für ein Mensch du bist. Ich halte mein Wort und mein Freund tut es auch. Sergeant Miller und ich, wir vertrauen einander, und wie du und ich, halten wir unser Wort. Abe füllte seine Tasse aus der Teekanne nach. "Um ehrlich zu sein, weiß ich sehr wenig. Er hat mich sogar gezwungen, im Auto zu bleiben, damit ich nicht in Gefahr gerate. Ich kann nur vermuten, was ich aus dem Kommen und Gehen weiß, aber ich möchte keine falschen Informationen weitergeben."

"Du musst etwas gesehen oder gehört haben", sagte Benjamin, gefolgt von einem schlürfenden Geräusch. Er wusste, dass Abe nicht die Absicht hatte, das Vertrauen seines Freundes zu brechen und wechselte das Thema.

"Es ging alles so schnell, mit Katie. Sie schrie und wir rannten rein. Sie hatte Glassplitter in ihren Füßen. El hat sie rausgeholt. Ich wusste nicht, dass sie eine Ausbildung als Krankenschwester hat, und das war wirklich sehr nützlich. Wir haben die Situation unter Kontrolle gebracht und es gab keinen Grund, dich zu wecken."

"War sie schwer verletzt? Ich habe Blut auf dem Boden gesehen."

"El hat bestätigt, dass sie nur leicht verletzt ist. Katie hat die ganze Zeit geschlafen, während El die Glasscherben mit einer Pinzette herausgezogen hat und auch als sie die Schnitte mit Desinfektionsmittel behandelt hat."

"Ist dir aufgefallen", sagte Abe, "dass das Kind nicht viel lacht? Sie kichert ab und zu, aber sie lacht nicht, wie ein Kind lachen sollte."

"Jeder Mensch ist anders, vielleicht ist sie einfach nur schüchtern."

"Da ist auch Traurigkeit. Ich meine hinter ihren Augen. Sie hat etwas Vertrautes und doch etwas Beeindruckendes."

"Ich kann nicht behaupten, dass mir so etwas aufgefallen ist. Bist du sicher, dass du es dir nicht nur einbildest?"

"Ich habe diesen Blick einmal gesehen, als du das erste Mal zu uns kamst", bot Abe an.

"Ich?"

"Vielleicht keine Angst, vielleicht Kummer oder Traurigkeit, aber es war konstant, Schmerz, Reue, Vernachlässigung. Alles auf einmal. Es ist immer noch in deinen Augen zu sehen, aber deine Seele strahlt auch einen Lichtstrom aus, der es überwältigt, was auch immer es ist. Du hast dich selbst gefunden, es besiegt, deine eigene Wahrheit gefunden. Aber die kleine Katie muss geheilt werden, so wie ich mich um dich gekümmert habe."

Benjamin steckte einen weiteren Teebeutel in seine Tasse, rührte ihn ein paar Mal um, nahm ihn dann heraus, fügte Zucker und Milch hinzu und nahm einen Schluck. "Sie und El haben ein Band."

"Da hast du Recht, und ich mache mich am besten fertig, um den Laden zu öffnen. Sag mir Bescheid, wenn das Frühstück fertig ist", sagte Abe, stellte sein Geschirr in die Spüle und machte sich bereit für die Arbeit.

Im Familienzimmer schaltete Benjamin den Fernseher ein. Sofort erkannte er Katies Haus. Überall waren Kameras und Medien zu sehen. Das Grundstück war mit gelbem Polizeiband abgesperrt. Etwas Schlimmes war dort passiert, das wusste er bereits. Jetzt würde er herausfinden, was. Er drehte die Lautstärke auf. Er ging näher heran.

Die Reporterin im marineblauen Poweranzug und mit dunkler Brille stand neben einem weißen Lieferwagen, auf dem die Initialen des lokalen Fernsehsenders prangten.

"Hier ist Carly Wright, ich berichte aus der Ontario Street, wo kürzlich eine Leiche entdeckt wurde. Der Mann wurde als Mark David Wheeler identifiziert. Seine unmittelbare Familie wurde benachrichtigt. Die Polizei sucht nach Zeugen, die gesehen haben, wie er in das Haus hinter uns gegangen ist, dessen Bewohner Jennifer und Katie Walker sind. (Sie hält zwei Fotos hoch.) Beide werden vermisst und wurden zuletzt am Freitagmorgen in der Nähe des Ufers gesehen."

Moment mal, Katies Mutter hatte auf dem Foto blondes Haar. Als er sie sah, waren ihre Haare schwarz - trug sie an diesem Tag am Hafen eine Perücke? Und wenn ja, warum?

Der Reporter fuhr fort. "Mark Wheeler stammt aus einer bekannten Familie in dieser Region. Eine Familie, die im Laufe der Jahre viele Wohltätigkeitsorganisationen unterstützt hat. Einzelheiten zur Beerdigung und zum Besuch werden noch bekannt gegeben. Wenn jemand Informationen über Mrs. Walker oder ihre Tochter hat, wendet euch bitte an die örtliche Polizei oder ruft mich an."

Er schlang die Arme um sich, als er an eine Leiche in Katies Haus dachte. Sein ganzer Körper begann zu zittern. Um sich von der Nachricht abzulenken, ging er zurück in die Küche und setzte den Wasserkocher auf. Während er kochte, schaute er aus dem Fenster.

Die Sonnenstrahlen küssten den Bürgersteig, während Eichhörnchen Blätter aufhoben und Vögel am Futterhäuschen ein und aus flogen. Sie hatten keine Ahnung, dass ein Mord begangen worden war oder dass ein kleines Mädchen schreiend aufgewacht war und Glassplitter in ihrer Haut steckten. Ihr Leben ging genauso weiter, egal, was mit den Menschen in den Häusern passierte, die sie fütterten.

Als der Teekessel pfiff, schaltete er die Herdplatte aus, machte sich aber keine weitere Tasse Tee. Stattdessen beobachtete er weiterhin die Normalität außerhalb des

Küchenfensters und dachte an nichts anderes, bis er nicht mehr den Drang verspürte, zu zittern oder zu beben.

KAPITEL 31

KATIE UND EL

"MAMI! MAMI!" SCHRIE KATIE mit noch geschlossenen Augen.

Als die Morgensonne durch das flatternde Plastik hereinströmte, nahm El Katie in den Arm. "Es wird alles gut, Kleines."

Katie öffnete die Augen - sie war nicht zu Hause und sie war nicht in ihrem eigenen Bett. "Mami!", rief sie. "Wo ist meine Mami?"

El ließ sie los, als sie sich losriss.

Benjamin, der Katies Schreie gehört hatte, übernahm das Kommando. "Katie, dir geht es gut und alle suchen nach deiner Mami. Erinnerst du dich an El? Und erinnerst du dich an mich, Benjamin?"

Katie streckte die Hand aus und nahm erst Benjamins und dann El's Hand. Sie drückte sie an ihre Wangen, während ihr die Tränen herunterliefen, dann bemerkte sie die Verbände an ihren Händen. Sie schlug die Decke weg und sah die schützenden Verbände an ihren Füßen. "Was ist passiert?"

"Wir hatten gehofft, du könntest es uns sagen", antwortete Benjamin.

Katie strampelte mit den Füßen und versuchte, die Verbände zu entfernen. Als diese sich lösten, versuchte sie, die Verbände an ihren Händen zu entfernen. El packte ihre Hände, zog ihr die Decke wieder über die Füße und summte, um sie zu beruhigen. Innerhalb weniger Minuten war Katie an ihre Schulter gekuschelt und ruhte sich aus.

Ein paar Augenblicke später sagte Katie: "Ich erinnere mich, dass ich gehört habe, wie meine Mami mich gerufen hat."

"In einem Traum?" fragte Benjamin.

El strich Katie die Haare hinters Ohr.

"Habe ich das getan?", fragte das kleine Mädchen. "Habe ich das Fenster kaputt gemacht?"

"Ruhig, Kind", sagte El. "Benjamin hat es repariert und es wird bald wieder in Ordnung sein. Es spielt keine Rolle, wie es zerbrochen wurde. Das Einzige, was für uns zählt, ist deine Sicherheit. Fenster können immer repariert werden."

"Aber ich nicht?" fragte Katie.

El umarmte sie. "Du bist perfekt, so wie du bist."

Benjamin fragte: "Kannst du dich an etwas erinnern? An irgendetwas aus dem Traum?"

"Mami hat mich gerufen, das ist alles, woran ich mich erinnere."

Die drei saßen still da. El dachte darüber nach, was passiert sein könnte. Benjamin dachte darüber nach, wie froh er war, dass sie nicht entführt oder schwer verletzt worden war. Katie fragte sich, wo ihre Mutter war und was es wohl zum Frühstück geben würde.

"Ich habe Hunger", sagte sie und tätschelte ihren knurrenden Magen.

"Benjamins Huckepackgesellschaft steht dir zu Diensten", sagte er.

Katie schlang ihre Arme um seinen Hals, hielt sich fest und sie gingen in die Küche.

"Willst du meine kleine Pfannkuchenhilfe sein?" fragte El. Katie nickte und lächelte; Benjamin fand einen Platz für sie auf der Arbeitsplatte. "Das ist ein geheimes Familienrezept", sagte El, während sie zwei Eier in das Mehl schlug und anfing zu rühren. Als es fertig war, goss sie den Teig mit einer Kelle auf den heißen Grill. "Okay, Zeit, sie umzudrehen. Siehst du, wie sie blubbern?" Sie half dem kleinen Mädchen, die Pfannkuchen umzudrehen.

"Das ist einfacher, als ich dachte", sagte Katie. "Besonders mit diesen großen Ofenhandschuhen."

"Hast du deiner Mami jemals beim Kochen geholfen?"

"Manchmal, aber sie hat mich nie auf der Arbeitsplatte sitzen oder Pfannkuchen wenden lassen."

"Kochen kann Spaß machen."

"Nicht, wenn ich die Zwiebeln schneide - die bringen mich zum Weinen und ich mag auch nicht, wie sie schmecken.

El lachte. "Ich zeige dir mal ein Geheimnis, wie man sie unter Wasser schneidet, damit du nicht weinen musst." Dann zu Benjamin: "Ich bin fast fertig, kannst du Abe Bescheid sagen?"

Katie lachte. "Zwiebeln in der Badewanne schneiden? Das ist lustig, El. Meine Füße würden total stinken."

"Nein, Dummerchen. Ich meine im Waschbecken. Aber du hast recht, wenn du sie in der Badewanne schneiden würdest, hättest du stinkende Füße und alles andere würde stinken."

Katie und El kicherten, während sie gemeinsam den Tisch deckten. Bald gesellten sich Benjamin und Abe zu ihnen. Alle aßen sich satt, dann sagte Abe, er müsse zurück in den Laden.

"Ich räume schon auf", sagte Benjamin. "Aber es würde nur halb so lange dauern, wenn du mir helfen würdest."

"Ich denke, die Kunden können warten", sagte Abe.

"Komm, wir ziehen dich an", sagte El zu Katie und sie verließen die Küche.
Als sie außer Hörweite waren, sagte Benjamin: "Wir müssen reden, Abe."

***

"WAS IST LOS?" FRAGTE Abe.

"Ein Mann namens Mark Wheeler wurde tot in Katies Haus gefunden. Es war in den Nachrichten."

"Ah..."

"Ist das alles, was du zu sagen hast?"

"Ich muss nachdenken", sagte Abe. "Wir können genauso gut arbeiten, während wir aufräumen."

Als alles wieder an seinem Platz war, ging Benjamin ins Wohnzimmer und schaltete den Fernseher ein.

"Mach lieber die Tür zu", sagte Abe, was Benjamin auch tat.

"Ich dachte, du müsstest zurück in den Laden."

"Muss ich auch, aber ich habe im Vorbeigehen gesehen, dass die Nachrichten laufen. Er ging quer durch den Raum und drehte die Lautstärke auf.

"Das hätte ich auch damit machen können", sagte Benjamin und hielt den Konverter hoch.

"Schon erledigt", sagte Abe und setzte sich.

Ein anderer Reporter, der Clark Kent ähnelte, stand auf dem Rasen des Walker-Anwesens.

Er sagte: "Die Familie von Mark Wheeler ist in dieser Gemeinde sehr bekannt. Im Laufe der

Jahre hat ihre Großzügigkeit durch Spenden an Wohltätigkeitsorganisationen und Stiftungen viele Leben berührt und verbessert. Es wird jedoch gegen sie wegen des Verdachts auf Drogenhandel ermittelt."

"Oh nein", sagte Benjamin.

"Pssst."

Der Reporter fuhr fort. "Wir suchen nach den Bewohnern des Hauses hinter mir. Jennifer Walker und ihre Tochter Katie Walker." Er hielt ein Foto hoch. "Wenn jemand Katie und Jennifer gesehen hat oder Informationen über ihren Verbleib hat, ruft uns bitte an oder wendet euch an eure örtliche Polizei."

"Was ist, wenn uns jemand beim Einkaufen mit Katie gesehen hat?"

"Pssst."

"Jeder, der Informationen über Mark Wheeler hat, kann die vertrauliche Hotline anrufen. Die Nummer steht unten auf dem Bildschirm." Er hielt wieder das Foto von Jennifer und Katie hoch. "Wir müssen die beiden unbedingt finden, bevor ihnen etwas zustößt. Wenn du sie gesehen hast oder etwas über ihren Aufenthaltsort weißt, ruf bitte die Polizei an. Jede Information könnte hilfreich sein. Selbst Informationen, die dir unbedeutend erscheinen, könnten uns Hinweise geben, damit wir ihnen helfen können. Doug Falcon berichtet von SJB TV."

Abe und Benjamin schwiegen ein paar Minuten lang. Dann erinnerte sich Benjamin daran, dass Katies Mutter an dem Tag, an dem er sie gesehen hatte, dunkle Haare hatte, während sie auf dem Foto, das der Reporter hochhielt, blonde Haare hatte. Benjamin klärte ihn über diese Erinnerung auf.

"Ja, die neugierige Nachbarin, mit der ich gesprochen habe, Judy Smith, hat die Perücke erwähnt."

"Du meinst, du hast Sergeant Miller schon davon erzählt?"

"Habe ich nicht, aber ich hätte es wohl tun sollen."

"Du solltest Sergeant Miller auf jeden Fall von der Perücke erzählen. Aber was ist, wenn jemand weiß, dass Katie hier bei uns ist? Was ist, wenn das Fenster deshalb letzte Nacht eingeschlagen wurde? Katie sagte, sie hätte ihre Mutter rufen hören. War sie draußen auf der Straße, unter Katies Zimmer und hat nach ihr gerufen?"

Benjamin sprang auf.

"Hör auf", sagte Abe. "Erstens hast du gesagt, dass die Buchstütze benutzt wurde, um das Fenster von innen einzuschlagen. Katie hatte wahrscheinlich einen Albtraum. Außerdem weiß Sergeant Miller, dass Katie hier bei uns ist, und er würde diese Information nicht an andere weitergeben.

"Trotzdem haben wir sie überallhin mitgenommen. In den Laden, in ein Café. Irgendjemand muss sie doch bemerkt haben. Sie ist ein auffällig aussehendes Kind."

"Setz dich hier hin und mach dir keine Sorgen. Ich rufe Sergeant Miller an, oder noch besser, ich fahre hin und rede mit ihm."

Er ging auf die Tür zu. "In der Zwischenzeit bleibst du im Haus und sagst El, dass der Laden heute geschlossen bleiben soll."

"Welchen Grund soll ich ihr nennen? Soll ich ihr alles erklären, was wir über Wheeler erfahren haben?"

"Auf keinen Fall. Sorge dafür, dass der Fernseher, wenn Katie anwesend ist, nicht auf die Nachrichten eingestellt ist."

"Mach ich."

KAPITEL 32

UNTEN AUF DEM POLIZEIREVIER

ABE GING ZUR POLIZEIWACHE, wo gerade eine Pressekonferenz stattfand. Sergeant Miller hatte das Kommando. Miller stand hinter einem Rednerpult, während das Mikrofon auf seine Höhe gebracht wurde. Eine Schar von Reportern drängte mit ihren Kameras herein. Ein Reporter rief eine Frage heraus. Abe bahnte sich mit den Ellbogen einen Weg durch den Medienzirkus, um die Treppe hinauf und in das Gebäude zu gelangen. Er hasste Menschenansammlungen, und inmitten dieses Chaos wollte er nicht sein. Miller quittierte Abes Anwesenheit mit einem Nicken, als er an ihm vorbeiging und das Gebäude betrat.

Ein Reporter rief: "Was ist mit dem vermissten Kind? Gibt es Hinweise auf sie?"

Ein zweiter Reporter rief: "Was wissen Sie über das kleine Mädchen und ihre Mutter? Wie waren sie mit Wheeler verbunden?"

Miller hob die Hand, um die widerspenstige Krone zu beruhigen. Als sie sich beruhigt hatten, antwortete er: "Eine Frage nach der anderen, bitte. Erstens: Das Kind wurde als vermisst gemeldet - sie wird nicht vermisst. Wir wissen sogar, wo Katie Walker ist - sie befindet sich in der Obhut einer Pflegefamilie."

Eine Frau in der Menge stößt einen hörbaren Schrei aus. Für ein paar Sekunden hob sich eine blonde Frau von den anderen ab. Er schaute kurz weg, und sie war verschwunden.

"Ist Katie Walker von einem Arzt untersucht worden?", fragte ein anderer Reporter.

"Alles zu seiner Zeit", antwortete Miller. "Wir brauchen deine Hilfe, um die Mutter des Kindes zu finden. Wir haben keinerlei Hinweise."

Er erinnerte sich daran, dass Katies Mutter blond und nicht dunkelhaarig war, wie ursprünglich berichtet - und suchte die Menge nach der Frau ab, die er zuvor gesehen hatte. Kein Glück. Er konnte sie nirgends sehen.

"Ich beantworte eine letzte Frage und verschwende sie nicht mit der Frage, wo das Kind ist, ich kann dir nur sagen, dass es ihr gut geht." Er wählte den nächsten Reporter aus, um eine Frage zu stellen: "Schieß los, Maggie." Er kannte Maggie schon seit Jahren von der Lokalzeitung. Sie war nicht wie die anderen. Sie war eine echte Journalistin.

"Guten Morgen, Sergeant Miller", sagte Maggie.

Miller nickte.

Maggie fragte: "Warum hast du so lange gebraucht, bis du zu ihr nach Hause gefahren bist und nachgeforscht hast, obwohl das Kind, Katie, in Pflege ist?" Obwohl Maggie sich nicht bewegte, taten es die umstehenden Journalisten. Sie drängelten und schubsten und drängten, um näher zu kommen.

"Nun, Maggie", sagte Miller. "Das Kind, ich meine Katie Walker, wurde am Freitag an der Waterfront ausgesetzt. Ihre Adresse wurde uns erst gestern mitgeteilt."

"Das ist nicht wahr", rief ein anderer Reporter.

"Das reicht", sagte Miller, schlug mit der Faust auf das Podium und wich vom Mikrofon zurück.

Derselbe Reporter rief: "Wir haben mit der Nachbarin, einer Frau Judy Smith, gesprochen. Sie bestätigte, dass ein älterer Mann am Tag zuvor im Haus war. Derselbe Mann, den sie gestern in deinem Polizeiauto sitzen sah."

Miller ging weiter und ignorierte das Getümmel. Er war froh, dass die Reporter nicht zwei und zwei zusammenzählen konnten, denn der Mann, über den sie sprachen, war gerade an ihnen vorbei ins Gebäude geschlüpft.

Bevor er den Bahnhof betrat, drehte er sich zu den Reportern um. "Ihr hattet eure Fragen. Jetzt lasst uns unsere Arbeit machen und ihr macht eure. Helft uns, die Mutter des Kindes zu finden. Vielen Dank für Ihre Zeit." Er schob sich durch die Drehtüren und ging in sein Büro.

Abe, der es sich im Sitzen gemütlich gemacht hatte, stand jetzt auf, um Miller die Hand zu geben. Abe sagte: "Wir haben das Foto von Katie im Fernsehen gesehen und von der Leiche des Mannes gehört. Was für ein grausiger Fund. Kein Wunder, dass du so ruhig warst, als du mich nach Hause gefahren hast."

"Alles in Ausübung meiner Pflicht", sagte Miller. "Kaffee?" Abe lehnte mit einer Handbewegung ab. Miller fuhr fort: "Die Reporter sind hungrig nach einer Story, nach jeder Story. Du hast die letzte Frage nicht gehört. Diese Frau - deine neugierige Nachbarin - hat erwähnt, dass du das Haus besucht hast und in meinem Wagen warst. Wenn du gehst, müssen wir sicherstellen, dass du nach Hause kommst, ohne dass dir jemand folgt."

"Oh nein", sagte Abe. Er schaute über den Schreibtisch zu seinem Freund. Er sah aus, als wäre er in den letzten Tagen gealtert. "Hast du überhaupt geschlafen? Du siehst furchtbar aus."

"Schlafen? Was soll das heißen? Ich habe versucht, die Puzzleteile zusammenzusetzen, es ist ein schwieriger Fall. Wir dachten, wir hätten eine Spur zur Mutter, aber das hat sich nicht bewahrheitet. Es ist, als wäre sie spurlos verschwunden." Sein Telefon klingelte. "Okay, danke, dass du mir Bescheid gesagt hast."

"Keine neuen Hinweise?"

Miller lehnte sich näher heran. "Das war der Gerichtsmediziner. Eine neue Leiche. Noch nicht identifiziert."

"Was sagt dir dein Bauchgefühl? Ist sie die Mutter von Katie?"

"Das kann ich nicht sagen, weil ich es nicht weiß."

"Und der tote Mann, wer war er? Ich meine, ich kenne den Namen. Er hat mit Drogen zu tun. Ich kann nicht glauben, dass eine Mutter ihr Kind so in Gefahr bringen würde."

"Angeblich. Wer weiß schon, warum Menschen tun, was sie tun? Als wir in dem Haus waren, stand ein Foto von Katie und Mark auf dem Kaminsims. Seltsam, dass eine Mutter das zulässt, wenn sie vorhat, ihren Freund zu töten." Er hielt inne, weil er befürchtete, zu viel zu sagen, und wechselte dann das Thema: "Aber ja, seine Fingerabdrücke haben das System zum Leuchten gebracht. Das ist das Motiv, das wir unbedingt finden wollen."

"Ein Motiv, wie ein Mafia-Mord?"

"Lass deiner Fantasie keinen freien Lauf", sagte Miller. "Was das Motiv angeht, weiß ich es nicht." Sergeant Miller hob den Telefonhörer ab. Als die Empfangsdame abnahm, sagte er: "Ja, ich muss einen Zivilisten aus dem Gebäude begleiten lassen." Er hörte zu und antwortete dann: "Ja, durch die Hintertür. Stell sicher, dass er nicht verfolgt wird."

Abe stand auf: "Mein lieber Freund, du kommst mit mir. Ich wette, deine Frau und deine Kinder vermissen dich und du brauchst Schlaf."

Sgt. Miller stimmte Abe im Prinzip zu, aber er hatte zu viel zu tun. Trotzdem nahm er sich die Zeit, um sich zu vergewissern, dass sein Freund das Gebäude sicher verlassen hatte und auf dem Weg nach Hause war.

"Die Luft ist rein", sagte der Fahrer. Miller schloss Abes Autotür, beobachtete, bis das Auto außer Sichtweite war, und kehrte dann in sein Büro zurück.

KAPITEL 33

BLONDE RÜCKBLENDE

Es war ein schöner Sonntagnachmittag und Familien spazierten herum. Viele picknickten, andere trieben Sport oder faulenzten in der Nähe des Ufers. Die Luft roch süß, so wie sie riecht, wenn der Frühling in den Sommer übergeht. Die Vögel zwitscherten und flatterten auf fast jedem Baum herum.

Auf dem Rücksitz eines Taxis beobachtete eine Frau das Treiben in der Stadt. Sie wünschte sich, sie hätte genug Geld, um auch hier zu leben. Als sie an einer roten Ampel anhielt, beobachtete sie eine Familie, die sich ein Frisbee hin und her warf. Als die Ampel umsprang und das Auto weiterrollte, beobachtete sie sie weiter, bis sie sie nicht mehr sehen konnte.

In ihren Gedanken ging sie durch, was sie ihrer Schwester sagen würde. Sie hatte schon einmal um Geld gebeten, und ihre Schwester hatte es ihr gegeben - aber nur widerwillig. Vor allem, weil sie wusste, wohin das Geld fließen würde, nämlich in die Begleichung ihrer Drogenschulden. Irgendwann würde ihre ältere Schwester nachgeben. Trotzdem hasste sie es, in der Situation zu sein, fragen zu müssen. Vor allem nicht persönlich. Sie hoffte, einen Blick auf die kleine Katie zu erhaschen, wenn sie dort war, vielleicht sogar eine Vorstellung. Jetzt, wo sie sieben war, würde sie sich vielleicht sogar an sie erinnern.

Ein oder zwei Mal warf der Fahrer einen Blick in den Rückspiegel zu ihr. Sie rückte ihre verspiegelte Sonnenbrille zurecht und wischte sich diskret eine Träne weg.

"Was guckst du so?", fragte sie.

"Nichts", antwortete er und bog in die Ontario St. ein. "Nach welcher Nummer hast du noch mal gesucht?"

Es war das Haus, das von Polizeiabsperrband umgeben war, und überall standen Streifenwagen herum.

"Fahr weiter!", befahl sie. "Fahren Sie weiter!"

"Okay, aber wohin jetzt, Lady?", sagte er und machte eine Kehrtwende.

"Fahr einfach, lass mich nachdenken!", rief die Frau. Sie holte ihr Telefon aus der braunen Tasche und drückte die Kurzwahltaste. Es klingelte und klingelte und klingelte. Sie unterbrach die Verbindung und grub ihre Fingernägel in die Armlehne. Sie atmete tief durch und wählte eine weitere Nummer auf der Kurzwahltaste. Wie die erste blieb auch diese unbeantwortet.

"Lady, ich muss wissen, wohin ich fahre."

Sie schrie: "Fahren Sie einfach, bis ich Ihnen sage, dass Sie anhalten sollen."

"Okay, Lady, Sie sind der Boss." Er fuhr ziellos weiter und hielt immer wieder an, wenn die Ampel von grün auf rot wechselte. "Wir nehmen die landschaftlich reizvolle Strecke."

Sie fuhren zurück an den Ufern des Ontariosees. Als sie den Geldzähler und die steigenden Kosten sah, schaute sie in ihrer Handtasche nach Bargeld. Ihre Kreditkarten waren bereits ausgeschöpft. "Wo ist die Polizeistation?", fragte sie.

"Ein paar Blocks entfernt."

"Bring mich hin", sagte sie. Auf dem Weg dorthin überlegte sie, was sie sagen sollte, was sie über sich selbst erzählen konnte. Sie entdeckte eine Menschenmenge, die den Eingang des Reviers blockierte, und fragte sich, ob das etwas mit dem Haus ihrer Schwester zu tun hatte.

"Lassen Sie mich einfach da drüben raus", forderte sie und reichte dem Fahrer eine Handvoll Münzen und ein paar zerknüllte Scheine.

Sie streifte ihr Kleid nach unten, das nun statisch an ihr klebte. Hinter ihr hörte sie den Namen ihrer Schwester und den von Katie. Sie drängte sich vor und wartete darauf, was der Mann auf dem Podium sagen würde.

Als er ihr mitteilte, dass es ihrer Tochter gut ging und sie bei einer Pflegefamilie untergebracht war, fiel sie fast in Ohnmacht. Sie atmete ein paar Mal tief durch und verließ den Raum, froh darüber, dass es ihrer Tochter gut ging. Die Frage, ob ihre Schwester vermisst wurde, würde sich mit der Zeit klären.

Sie ging weiter in die entgegengesetzte Richtung, aus der sie gekommen war. Mit ihren fünf Zentimeter hohen Absätzen war sie für einen längeren Weg schlecht gerüstet. Die Brise streichelte ihre nackten Arme und sie war froh, dass es heute Abend nicht regnen würde.

Der Geruch von dampfenden, heißen Rindfleisch-Burgern, süßen Zwiebeln und fettigen Pommes frites in der Nähe ließ ihren Magen knurren. Das perfekte Kateressen. Jetzt, wo sie praktisch mittellos war, musste ihr das Einatmen von Kalorien genügen. Um sich abzulenken, versuchte sie, sich die Nummern derer ins Gedächtnis zu rufen, von denen sie dachte, dass sie ihr helfen könnten, aber das Ergebnis war dasselbe.

Zwei Türen weiter fand sie einen Secondhand-Laden. Im Schaufenster stand ein blondes Mädchen, das wie für eine Party gekleidet war. Sie betrachtete das Gesicht der Schaufensterpuppe und stellte sich vor, wie ihr kleines

Mädchen jetzt aussehen würde. Es war Jahre her, dass sie ein Bild von ihr gesehen hatte.

Sie hatte es verdrängt - wie sie es immer tat, wenn ihr alles zu viel wurde. "Kompartimentieren." Das hatte ihr Psychiater ihr immer gesagt. Aber das Haus... sie hatte es gesehen, abgesperrt mit gelbem Klebeband - Polizeiband - wie bei CSI oder Mord im Fernsehen. Es war das Haus ihrer Schwester. Ihre Schwester, die die Mutter ihres Kindes war. Ein Kind, von dem niemand wusste.

Ein paar Türen weiter versammelte sich eine Menschenmenge. Sie schloss sich ihnen an und sah eine Nachrichtensendung mit Untertiteln. Ein Foto von ihrer Schwester und ihrer Tochter unter der Überschrift "Vermisste Personen". Dann ein Foto von Mark Wheeler unter der Überschrift "Ermordet, Drogenverbindung".

Die beiden Vorfälle hingen zusammen. Jetzt gaben ihre Knie wirklich nach und sie rutschte auf dem Bürgersteig aus.

"Mir geht's gut", sagte sie, als Fremde ihr wieder auf die Beine halfen. Sie bedankte sich und wankte mit wackeligen Knöcheln davon.

Sie hatte von diesem Mark Wheeler durch die Drogenwelt gehört. Jetzt war er tot. Wie war ihre Schwester mit ihm verbunden? War sie selbst die Verbindung? Sie schuldete ihnen Geld. Sie sagte, sie würde es zurückzahlen. Es war nicht einmal so viel. Ihre Schwester hatte ihre Drogenschulden ein-, zweimal zurückgezahlt - sie wusste nicht mehr, wie oft. Sicherlich wären sie nicht auf ihre Schwester losgegangen. Zum Glück wussten sie nicht, dass Katie ihre Schwester war. Wenn sie es nicht gewusst hätten, wie wäre Wheeler dann tot gewesen? Hatte diese Verbindung Schläger in das Haus ihrer Schwester gebracht?

Sie versuchte, nicht daran zu denken und stolperte Gott weiß wohin. Ausgelaugt, teilweise im Delirium, erinnerte sie sich an den Tag, an dem Katelyn geboren wurde. Sie war jung, siebzehn, zu jung, um eine Mutter zu sein, und doch fühlte sie, als sie ihre Tochter zum ersten Mal sah, all die mütterlichen Gefühle, die eine Mutter fühlen sollte.

Siebzehn zu sein war alt genug, um das Baby zu gebären und die mütterlichen Instinkte zu wecken, aber nicht genug, um sie davon zu überzeugen, das Neugeborene zu behalten. Sie aufzuziehen. Aber, oh, dieses kleine Gesicht. Der Geruch von ihr. Der Geruch von Rosa. Sie wiegte ihr Handy in den Armen, während sie weiterging.

Mit tränengefüllten Augen sagte sie sich, dass sie sich zusammenreißen müsse. Sie hatte damals das Beste für Katelyn getan, indem sie sie ihrer älteren Schwester zur Erziehung überlassen hatte.

Verloren, nirgends zu Hause, niemanden zum Reden, machte sie sich Vorwürfe, weil sie in die Stadt gekommen war. Dass sie drogensüchtig war. Dass sie zum Haus ihrer Schwester gegangen war. Für alles - den ganzen verdammten Mist.

Ein Mann, der genauso schlecht roch wie er aussah, stieß mit ihr zusammen.

"Pass auf!", rief sie, woraufhin der arme Mann in Tränen ausbrach. Sie griff in ihre Handtasche und fand ein paar Münzen und ein Halsbonbon, die sie ihm in die Hand drückte.

"Ich danke dir", sagte der Mann und schwankte hin und her. Er pustete auf das Bonbon und steckte es sich in den Mund, dann fragte er: "Haben Sie sich verlaufen?"

"Ich bin neu in der Stadt", sagte sie. "Gibt es hier irgendwelche Sehenswürdigkeiten?"

Er legte seine Hand an sein Kinn und sah sie an. "Da oben gibt es ein berühmtes Viadukt, das du nicht verfehlen kannst, wenn du weitergehst. Es ist eine tolle Aussicht."

"Danke", sagte sie, als sie weiterging.

Sie freute sich darauf, das Wahrzeichen zu sehen und öffnete ihre Handtasche. Sie zog eine Zigarette aus der Packung und zündete sie an. Ein langer Zug half ihr, sich

zu beruhigen. Sie dachte darüber nach, was sie tun sollte,
aber es kamen keine Antworten.

 ✳✳✳

KATIES LEIBLICHE MUTTER HATTE angehalten, um ihre Füße auszuruhen. Im Park selbst herrschte reges Treiben mit Kindern und Hunden, die wild umherliefen. Sie hatte Lust auf eine weitere Zigarette, zündete sie aber nicht an. Stattdessen hörte sie dem Gelächter zu. Denn in Wahrheit konnte sie nirgendwo hingehen.

Ihr Telefon vibrierte; es war Anson. "Wo bist du?", fragte er.

"Ich bin bei meiner Schwester, aber sie ist nicht zu Hause."

"Gut, ich habe deine Bestellung fertig. Zuerst musst du deine Schulden bezahlen. Wann kommst du zurück, um sie abzuholen? Ich kann sie nicht zu lange hier aufbewahren. Wenn du nicht zahlen kannst, muss ich es an jemand anderen verkaufen. Ich habe eine Warteliste, weißt du."

"Ich kann nicht sofort zurückkommen, aber ich brauche es. Könntest du mich vielleicht abholen? Ich würde es dir zurückzahlen. Ich würde alles tun."

Platsch! Der Ball eines kleinen Jungen sprang auf und traf ihre Schuhspitze. Sie kickte ihn zu ihm zurück.

"Danke, Lady", sagte er.

150

"Ich kann dich nicht abholen. Das ist kein Taxiservice", klickte es in der Leitung und die Verbindung war unterbrochen.

Anson war ihre letzte Hoffnung, um zurückzukommen. Sie würde sich selbst und alles, woran sie dachte, verlieren. Ein Schlag und alles wäre weg - jeder Gedanke, jedes Gefühl - wenn auch nur für eine kurze Zeit.

"Komm runter!", rief ihre Mutter. "Du dreckige kleine Schlampe!"

Es war Jahre her, aber es spielte sich in ihrem Kopf ab, als würde es jetzt passieren. Sie konnte sogar den Geruch ihrer Mutter riechen, eine Mischung aus Talkumpuder und Jack Daniels.

Ihre Schwester war für sie mehr Mutter als ihre Mutter gewesen. Ihr Vater hatte sich aus dem Staub gemacht, gleich nachdem sie auf die Welt gekommen war, und ihre Mutter gab ihr immer die Schuld an seinem Weggang.

"Du hast ihn vertrieben!", schrie sie immer.

Und ihre Mutter brachte Männer mit nach Hause. Männer, die ihr halfen, die Miete zu zahlen und das Essen auf den Tisch zu bringen. Männer, die Monster waren. Monster, vor denen ihre Mutter ihre Tochter hätte beschützen müssen.

Sie seufzte. Jahre der Therapie hatten es ihr ermöglicht, ihrer Mutter zu vergeben. Zu akzeptieren, dass sie das Beste getan hatte, was sie unter den gegebenen Umständen tun konnte.

Da war es: Das Viadukt.

Sie fröstelte, es war erstaunlich hoch oben - aber ja, der obdachlose Mann hatte gesagt, dass die Aussicht von dort oben den Aufstieg wert sein musste. Aber die Schuhe an ihren Füßen drückten, und auf halber Höhe warf sie sie, weil sie es leid war, sie zu tragen, in den Ontariosee. Sie lachte, als sie daran dachte, dass eine Schildkröte oder ein Fisch sie beobachtete, als sie auf den Grund des Sees fielen.

Oben angekommen, verschlug ihr die Aussicht den Atem. Sie konnte hässliche Gebäude sehen, die früher einmal eine Funktion hatten. Jetzt waren sie menschenleer und ungepflegt, und Unkraut wuchs an ihren Wänden empor. Es gab eine nackte Schönheit, die sie zu schätzen gewusst hätte, wenn sie nicht so hoch oben gewesen wäre.

Und in der anderen Richtung der Ontariosee. Sie folgte dem Weg des Wassers. Auf der rechten Seite tauchte einer ihrer Schuhe auf und ein paar Augenblicke später gesellte sich der andere dazu. Sie schwebten dahin, als würde ein Geist tanzen, anstatt auf dem Wasser zu laufen.

Sie lachte, erst leise, dann hysterisch. Ihr Kleid wogte um sie herum, als wäre sie in einer Wolke.

Sie trat auf den Sims hinaus. Sie war eine schlechte Mutter, schlimmer als ihre Mutter es gewesen war. Ihre Mutter war wenigstens geblieben und hatte ihre Töchter bei sich behalten. Sie überließ das Urteilen Gott oder Jesus oder wem auch immer.

Katies leibliche Mutter hatte das Gefühl, sie sei es nicht wert, gerettet zu werden. Ihr konnte nicht verziehen werden. Sie konnte nicht einmal sich selbst verzeihen.

Sie fuhr mit ihren falschen Fingernägeln an ihren Armen entlang. Sie zeichnete die Spuren der Nadeln nach, die sie so lange benutzt hatte. Sie spürte sie jetzt mit ihren Fingern. Selbst wenn sie es sich abgewöhnte, würden sie ihre Schwachstellen erkennen und darum betteln, gefüttert zu werden.

Sie ging näher an die Kante heran. Sie schloss die Augen. Sie roch die Blumen. Lauschte den Schreien der Möwen. Dann ließ sie sich in das kühle Wasser des Ontariosees fallen wie eine Marionette, deren Fäden durchgeschnitten worden waren.

✳✳✳

ALS SIE IN DER Nähe des Viadukts gefunden wurde, war sie weniger als vierundzwanzig Stunden im Wasser gewesen. Ihre Augen waren weit geöffnet, als würde sie immer noch über etwas nachdenken, das außerhalb ihrer Reichweite liegt.

Katies leibliche Mutter wartete im Leichenschauhaus darauf, identifiziert zu werden.

KAPITEL 34

ABE, EL UND DAS KLEINE MÄDCHEN

"Komm wieder ins Bett", sagte Abe, während El ihre Sachen zusammensuchte, um sie in Katies Zimmer zu bringen. Sie küsste ihn auf die Stirn: "Willst du eine Tasse Kakao?"

"Du liest meine Gedanken."

"Du bleibst hier, unter der Decke und hältst dich warm. Ich lege dir sogar ein paar Kekse dazu."

"Danke, Schatz." Er hörte zu, wie El in der Küche umherwanderte und dabei vor sich hin summte. Er verstand das Bedürfnis seiner Frau, das Kind zu trösten, aber auch er brauchte Trost. Außerdem machte er sich Sorgen, dass sie sich zu sehr an ihn klammern würde. In ein oder zwei Tagen könnte Katies Mutter zurückkommen. Sie würden sie nie wieder sehen. Was dann?

El kam mit dem Tablett zurück. Auf dem Weg nach draußen küsste sie ihn auf die Stirn.

Katie hatte sich aufgesetzt und wartete auf El. "Ich will nach Hause", sagte sie und rieb sich die Augen.

"Gefällt es dir hier nicht?" fragte El und kannte die Antwort bereits.

"Doch, natürlich."

Abe steckte seinen Kopf herein: "Wer weint denn da?" El versuchte, ihn zu verscheuchen. "Was kann ich tun, um dir zu helfen, Kleines?"

"Ich möchte nach Hause gehen und etwas holen."

"Also gut", sagte er und setzte sich auf das Ende des Bettes. "Erstens haben El und ich keinen Schlüssel zu eurem Haus, und Benjamin auch nicht."

"Ich kann durch ein Fenster reinkommen. Ihr müsstet mich hochheben - das habe ich schon einmal gemacht, als Mami ihren Schlüssel vergessen hat."

"Was brauchst du?" fragte El.

"Ich glaube nicht, dass du gehen solltest", antwortete Abe.

"Ich würde gerne mein Stofftier holen."

Aber du hast doch deine schöne Puppe, Kleines", sagte El.

"Oh, sie ist nett, aber ich habe meinen Stoffbären schon ewig und er wird ganz allein sein."

"Lass mich darüber nachdenken", sagte Abe. "Jetzt sei still und geh schlafen, sonst muss El wieder in ihr eigenes Zimmer."

Ohne ein Wort kuschelte sich Katie unter die Decke und schloss ihre Augen. Abe zwinkerte El zu und schloss auf dem Weg nach draußen die Tür.

KAPITEL 35

ABE UND BENJAMIN

ABE NAHM DAS TABLETT mit in die Küche, räumte auf und ging dann ins Wohnzimmer. Benjamin schlief auf dem Sofa, während der Fernseher im Hintergrund lief. Er schaltete ihn aus und warf dann eine Bettdecke über den Teenager.

Abe ging zurück in sein Zimmer und schlief ein. Das Geräusch von Töpfen und Pfannen in der Küche und der Geruch von gekochtem Frühstück machten ihn hungrig. Er warf einen Blick auf den Radiowecker - es war bereits 9:30 Uhr! Er zog seinen Hausmantel an und ging in die Küche.

"Du hättest mich wecken sollen!", rief er.

Katie sprang auf.

"Es tut mir leid", sagte er. "Ich wollte erst guten Morgen sagen."

El nickte und Katie lächelte. Er ging rückwärts aus der Küche ins Wohnzimmer, wo Benjamin gerade fernsah.

"Hast du gut geschlafen?" erkundigte sich Abe.

Benjamin sagte nichts, stattdessen drehte er den Fernseher lauter, um zu hören, was der Reporter in den Nachrichten sagte.

"Heute Morgen wurde die Leiche einer Frau an die Küste des Ontariosees gespült."

Die Haare auf Benjamins Armen stellten sich auf. "Gott, ich hoffe, das ist nicht Katies Mutter."

Vor der Haustür lag die Zeitung auf der Treppe. Abe hob sie auf und sah ein Foto von Katie und Jennifer Walker auf der Titelseite unter der Überschrift "Vermisste Mutter und Tochter". Er rollte die Zeitung zusammen und warf sie in den Mülleimer.

"Komm und hol's dir", rief El, und sie setzten sich alle zusammen zum Frühstück.

KAPITEL 36

SGT. MILLER

A̲ᴜꜰ ᴅᴇᴍ R̲ᴇᴠɪᴇʀ ᴡᴀʀ ein Treffen mit der RCMP angesetzt. Sie waren hinzugezogen worden, nachdem Wheeler identifiziert worden war. Er musste sie über den Verbleib von Katie aufklären. Sie würden die Informationen unter Verschluss halten.

In der Zwischenzeit wurde eine neue Leiche an die Ufer des Ontariosees gespült. Offenbar hatte sie Spuren an den Armen.

Bevor die RCMP eintraf, rief Miller Abe an, um zu erfahren, wie es Katie ging.

"Sie hatte Albträume. Sie hat ein Fenster zerbrochen und sich ein wenig verletzt. El hat es geschafft und das Kind wurde nicht ernsthaft verletzt."

"Oh, das tut mir leid", sagte Miller. "Es ist schwierig für ein Kind, in einem fremden Bett und in einem fremden Haus zu schlafen."

"Im Moment will sie nur nach Hause gehen. Sie vermisst etwas, das sie ihren Stoffbären nennt.

"Tut mir leid, Abe, das kommt nicht in Frage."

"Aber sie kann nicht schlafen."

Miller erhob seine Stimme; er schloss seine Tür. "Abe, du darfst unter keinen Umständen dorthin gehen. Was, wenn dich ein Reporter sieht und dir nach Hause folgt?"

"Ich höre dich."

"Verhaltet euch unauffällig, ihr alle. Ich melde mich bei euch und vergesst nicht, dass wir einen ungelösten Mordfall haben. Und wir wissen nicht, wo Katies Mutter ist." Er zögerte. "Katie könnte unsere einzige Spur sein. Und ich weiß, dass es weit hergeholt scheint, aber Kinder haben eine gute Auffassungsgabe. Manchmal spüren sie Dinge auf, die uns helfen könnten, ihre Mutter zu finden und zu retten, bevor es zu spät ist."

"Du glaubst also, dass Mrs. Walker in die Drogenszene verwickelt war, seit sie und Wheeler zusammen waren?"

"Zu diesem Zeitpunkt kenne ich die Antwort noch nicht, aber es gibt keine Anzeichen für einen Einbruch."

"Katie hat Benjamin erzählt, dass Wheeler ihr eine teure Puppe geschenkt hat, also war er mehr als einmal bei ihr zu Hause. Die andere Ironie ist, dass er die Puppe vielleicht bei uns gekauft hat."

"Wirklich? Hast du in deinen Büchern nachgesehen, ob es einen Eintrag über eine Bestellung gibt? Es könnte eine Spur sein. Es könnte etwas sein."

"Habe ich nicht, und weißt du was? Bis jetzt habe ich noch nicht einmal daran gedacht, meine Bücher zu prüfen. Ganz abgesehen davon, dass die Puppe eine Nachbildung des Kindes ist, muss einer von uns hier, wenn er bei uns bestellt hat, ein Foto von Katie gesehen haben. Ich kann mich nicht erinnern, es gesehen zu haben, aber du weißt ja, das Gedächtnis - und das Älterwerden. Es ist eines der ersten Dinge, die verschwinden." Abe lachte.

Miller sagte: "Ja, das verstehe ich, aber bitte schau nach und lass mich wissen, was du findest. Egal was. Die Zahlungsmethode. Das Datum, an dem sie bestellt wurde."

"Wir bieten diese Puppen nur in der Vorweihnachtszeit an, also sollte es einfach sein, herauszufinden, ob er sie bei uns bestellt hat."

"Schau mal, ob du noch andere Informationen von Katie herausfinden kannst. Irgendwelche Ideen, wohin ihre Mutter gegangen sein könnte. Urlaubsziele. Verwandtschaft. Freunde. Irgendetwas."

"Wäre es besser, wenn du jemanden rausschickst? Einen Experten für die Befragung von Kindern?" fragte Abe. "Und wenn du schon jemanden schickst, warum nicht auch jemanden, der den Stuffy abholt?"

"Das muss ich mit meinen Vorgesetzten besprechen. Das könnte ein nächster Schritt sein. Im Moment kennt sie dich, Benjamin und El. Beobachte sie, ohne es ihr zu verraten. Stell ihr Fragen, wenn sie es zulässt, ohne das Vertrauen zu untergraben, das sie zu dir hat. Im Moment bist du alles, was sie hat. Sie könnte Zeuge von etwas geworden sein, das euch alle in Gefahr bringen könnte."

"Wie ich schon sagte, hat sie Albträume gehabt."

"Richtig. Ein Trauma kann Albträume und Schlafwandeln auslösen. Der Aufenthalt in einer ungewohnten Umgebung ist unter normalen Umständen eine Anpassung. Das hier ist alles andere als normal." Miller zögerte. "Wenn ich es mir recht überlege, werde ich einen meiner Beamten bitten, mit einem DNA-Kit vorbeizukommen. Der Beamte wird einen einfachen Abstrich von Katies Speichel machen. Wenn sie über irgendetwas reden will, kann sie das tun. Ich meine mit jemandem außerhalb eures Hauses, dann wird mein Beamter ihr die Gelegenheit dazu geben."

"Was für eine clevere Idee und danke, dass du mir Bescheid gesagt hast", sagte Abe. "Ich glaube, als das Kind allein im Park zurückgelassen wurde, hat es vielleicht eine Vernachlässigung erlitten. Das sollte aber keine bleibenden Schäden verursachen, oder?"

"Das hängt von ihrer Veranlagung ab, das kann ich nicht sagen, Abe. Es wäre hilfreich, wenn du in deinen Akten nach Informationen suchst, die du vielleicht hast."
"Mach ich."
"Ich melde mich bei dir."
"Danke."

KAPITEL 37

VERLOREN UND GEFUNDEN

Es war ein sonniger Nachmittag, keine einzige Wolke am Himmel - der perfekte Tag zum Angeln.

James und Andrea Richards waren mit ihrem Boot auf dem Ontariosee unterwegs, als sie etwas auf dem Wasser treiben sah. Sie zückte ein Fernglas und sah es sich genauer an. Es hüpfte und bewegte sich, sah aber aus wie die Handtasche einer Frau.

"Ich schwöre bei Gott, da draußen ist eine Handtasche", sagte sie zu ihrem Mann und reichte ihm das Fernglas. "Vielleicht wurde jemand genau hier am See ermordet." Sie zitterte, obwohl ihr warm war und schlang die Arme um sich.

James warf ihr einen Blick zu. "Du hast viel zu viele Agatha-Christie-Romane gelesen."

Sie spottete.

"Aber lass uns trotzdem rausgehen und es uns genauer ansehen, damit du beruhigt bist. Immerhin beißen die Fische heute nicht an."

"Danke, Schatz", sagte sie.

James lenkte das Boot in die Richtung des schwimmenden Objekts und Minuten später setzte seine Frau das Fischernetz ein, um eine Handtasche aufzusammeln. Als sie diese aus dem Netz hob, bemerkte sie, dass sie noch verschlossen war. Sie fragte sich, ob der Inhalt trocken war und öffnete sie.

"Warte!", rief er.

Zu spät, denn sie zog die Brieftasche heraus. Alles darin war trocken. Obwohl sie jetzt darüber nachdachte, wurde ihr klar, dass sie gegen alles verstoßen hatte, was sie aus dem Fernsehen und aus Büchern kannte, als sie den Inhalt durcheinanderbrachte.

Macht nichts, es war ja schon erledigt. Sie klappte das Portemonnaie auf und fand einen Führerschein, einige Kreditkarten, ein Babyfoto, eine Tube Zahnpasta und eine Zahnbürste (Reisegröße), ein Telefon mit leerer Batterie und etwas Nagelkleber.

"Ich glaube, wir sollten die Polizei rufen", sagte sie.

"Hast du Bargeld?" fragte James.

"Kein Bargeld", sagte sie, während sie den Notruf wählte.

Nachdem sie der Polizei ihren Fund mitgeteilt hatten, wurde ihnen gesagt, dass ein Beamter sie am Ufer treffen würde. Das Paar ließ sich einige Augenblicke schweigend treiben, während die Möwen über ihren Köpfen kreischten und sich die Fische schnappten, die um sie herum sprangen.

"Klar, jetzt sind sie hungrig!" sagte James, als er den Motor anließ und ins Wasser ging.

KAPITEL 38

MORGUE

SPÄTER, NACHDEM ER EINEN Anruf von Patterson erhalten hatte, ging Miller zum Leichenschauhaus.

"Wir haben bestätigt, dass die Unbekannte nicht älter als vierundzwanzig ist und seit langem schwere Drogen nimmt. Den Spuren nach zu urteilen, ist sie schon lange süchtig. Außerdem ist sie primiparous."

"Wie alt wäre das Kind, wenn es überlebt hätte?"

"Sieben, vielleicht acht."

"Das Alter passt", sagte Miller. "Gibt es irgendetwas Ungewöhnliches in deinem Befund?"

"Ihre bevorzugte Droge war Kokain. Zum Zeitpunkt ihres Todes hatte sie in den letzten vierundzwanzig Stunden nichts mehr genommen. Sie war eine starke Konsumentin - im Laufe der Zeit hat sich eine große Menge Benzoylecgonin im Stoffwechsel angesammelt, aber nichts Neues."

"Denkst du, sie hat versucht, von den Drogen loszukommen?"

"Höchst unwahrscheinlich, es sei denn, sie war in einer Top-Reha untergebracht."

"So eine Verschwendung. Ich gehe jetzt besser ins Büro. Sag mir Bescheid, wenn du noch etwas herausfindest", sagte Miller und machte sich auf den Weg zur Tür.

"Mach ich."

Millers Telefon klingelte.

"Wo bist du?", fragte er. "Gut. Ich kann es selbst abholen. Das ist kein Problem. Ich bin schon auf dem Weg. Ich komme rein, sobald ich es habe. Danke."

Miller traf sich mit den Richards', die ihm die Tasche übergaben.

"Was passiert, wenn niemand sie abholt?" fragte Andrea.

"Wir werden sie als Beweismittel aufbewahren, bis sie jemand beansprucht", sagte Miller. "Danke, dass ihr sie abgegeben habt."

KAPITEL 39

BENJAMIN UND ABE

MILLER SCHRIEB ABE EINE SMS und nannte ihm den Namen des Beamten, der Katie besuchen und eine DNA-Probe nehmen würde. Abe rief zu Hause an und informierte Benjamin über die Details.

"Ihr Name ist Officer Lane und sie wird jeden Moment eintreffen."

"Noch keine Spur von ihr", sagte Benjamin.

"Wenn sie kommt, sag El, er soll ihr eine Tasse Tee geben und auf mich warten." Im Hintergrund hörte er die Türklingel läuten.

"Zu spät, sie ist schon da und El ist mit Kunden beschäftigt."

"Sag ihr, sie soll den Laden schließen und sofort herkommen."

"Okay."

"Over and out", sagte Abe.

Benjamin schickte El eine SMS, dass sie den Laden schließen und sofort zum Haus kommen sollte. Er öffnete die Tür.

"Mein Name ist Officer Lane", sagte sie.

El kam an und fragte: "Was ist der Notfall?"

Benjamin streckte seine Hand aus.

"Ich bin hier, um Katie zu sehen", sagte Lane. "Und um eine DNA-Probe zu nehmen."

El streckte ihre Hand aus. Sie bat Officer Lane in den Wohnbereich.

"Das ist Officer Lane, Katie."

"Katie, du kannst mich Lacey nennen. Ich habe hier jemanden, der sagt, dass er dich vermisst hat." Sie zog einen zerlumpten Teddybär hervor.

Die Augen des Kindes leuchteten auf, als sie ihren Stofftier entgegennahm. "Edward", rief sie. Dann sagte sie zu Officer Lacey: "Oh, danke." Zu dem Bären sagte sie: "Ich habe dich so sehr vermisst." Sie hielt sein Gesicht an ihr Ohr und sagte: "Ja". Gefolgt von: "Wirklich?"

Officer Lane lächelte. "Edward ist ein schöner Name. Ich bin froh, dass ihr beide wieder vereint seid. Jetzt möchte ich mit dir reden, damit du uns hilfst, deine Mami zu finden."

"Hat sie sich verlaufen?" fragte Katie mit einem Schmollmund.

"Wir sind uns nicht sicher", sagte Lacey, "aber wir könnten deine Hilfe gebrauchen."

"Was soll ich tun?"

Officer Lane griff in ihre Tasche und holte das DNA-Kit heraus. Sie nahm einen Queue heraus und öffnete einen Behälter, um ihn hineinzulegen. "Ich möchte das in deinen Mund stecken und einen Abstrich machen."

"Ich habe nur gehört, dass man die in den Ohren benutzt", lachte Katie.

"Genau das würde mein kleines Mädchen auch sagen", sagte Lane mit einem Lächeln.

"Wie heißt sie denn?"

"Ihr Name ist Jemma, aber wir nennen sie Jem."

"Was für ein hübscher Name, wie ein Juwel", strahlte Katie.

Der Beamte lächelte. "Er ist weich, also tut er nicht weh. Ich führe sie in deinen Mund ein, dann stecke ich sie in diesen Behälter und wir schicken sie in ein Labor."

"Wenn du Angst hast, Katie", sagte Benjamin, "Officer Lane, du kannst mir zuerst einen Abstrich machen, dann kannst du sehen, wie es ist."

"Ich habe keine Angst", sagte Katie.

Die Beamtin nahm die Probe und schrieb dann Katies Namen auf das Etikett. Sie klebte ihn auf den Behälter. "Wann ist dein Geburtstag? Und wie alt bist du?"

"Heute ist der 1. September und ich bin siebeneinhalb Jahre alt."

Nachdem die Beamtin den Test beendet hatte, fragte sie die anderen, ob sie sich mit Katie allein unterhalten könne.

"Das musst du nicht", sagte Benjamin. "Wenn du nicht willst."

"Er hat Recht, Katie. Du musst nicht", sagte Lane. "Du willst uns helfen, deine Mutter zu finden, nicht wahr? Ich meine, wenn du uns helfen könntest, würdest du es auch wollen, oder?"

Katie sah El an.

"Was für eine Frage", sagte El. "Natürlich will sie helfen, aber sie ist nur ein Kind."

Katie nickte Officer Lane zu und führte sie in ihr Zimmer, wo sie ihr ihre Puppe zeigte und anfing, über sie zu sprechen.

"Mark, Mr. Wheeler hat mir diese Puppe zu Weihnachten gekauft, als Überraschung. Er kam immer vorbei und brachte mir Überraschungen mit."

"War er nett?"

"Ja", sagte Katie.

"Willst du mir noch etwas sagen?"

"Er und meine Mami waren manchmal glücklich." Sie schaute weg. "Manchmal haben sie geschrien und er ist gegangen."

"Hat deine Mami geweint? Als er ging?"

"Ja, bis wir uns Milchshakes geholt haben."

"Magst du Milchshakes?"

"Ja, Erdbeere ist mein Lieblingsgetränk."

"Was würde dann passieren?" erkundigte sich Lane.

"Er hat meiner Mami und manchmal auch mir Geschenke geschickt."

"Sehr nett von ihm", sagte Lane und spielte mit dem Haar der Puppe und dann mit Katies Haar.

"Sie fühlen sich nicht gleich an", sagte Katie. "Meins ist weicher."

"Du hast Recht."

"Das liegt daran, dass El eine spezielle Spülung für mein Haar benutzt und es jeden Abend vor dem Schlafengehen mit fünfzig Strichen bürstet. Sie sagte, dass Erwachsene hundert Bürstenstriche und Kinder fünfzig Bürstenstriche bekommen." Katie kicherte.

Officer Lane schaute auf das zugeklebte Fenster: "Was ist hier passiert?"

"El sagte, ich sei schlafgewandelt. Ich kann mich nicht erinnern."

"Bist du schon mal geschlafwandelt?"

"Ich glaube nicht", antwortete Katie. "El hat mir Verbände angelegt. Sie ist eine ausgebildete Krankenschwester. Meine Mami wollte Lehrerin werden, aber..."

"Was hat sie davon abgehalten?"

"Dass ich geboren wurde", sagte Katie. Sie legte ihre Puppe zurück aufs Bett und fragte: "Gibt es sonst noch etwas? Um meine Mami zu finden?"

"Ich habe mich gefragt, ob du Tanten oder Onkel, Großeltern oder Freunde hast, bei denen deine Mama vielleicht untergekommen ist? Was ist mit deinem Vater?"

"Mama hat eine Schwester, aber ich habe sie nie getroffen. Mutti ist älter. Ich habe meine Großeltern nie kennengelernt. Ich habe meinen Vater nie kennengelernt."

"Wo wohnt die Schwester deiner Mutter? Können wir sie anrufen?"

"Ich weiß es nicht."

"Hast du jemals woanders gewohnt?" fragte Lacey.

"Nein." Katie schaute auf ihre Füße. "Tut mir leid, dass ich keine große Hilfe bin."

Officer Lane klopfte ihr auf den Kopf: "Ich weiß nicht, manchmal wissen wir mehr, als wir zu wissen glauben. Denk weiter nach."

"Nochmals vielen Dank für meinen Stuffy."

"Gern geschehen."

Officer Lane machte sich mit der Probe auf den Weg ins Labor und setzte sie auf die Prioritätenliste. Nach einem kurzen Gespräch konnte sie sie nach oben schieben. Sie machte sich auf den Weg zurück zum Revier.

✳✳✳

Miller erhielt einen Anruf von Officer Lane.

"Wie gewünscht, habe ich Katie Walkers DNA-Probe direkt ins Labor gebracht. Sie haben einen Vergleich mit der Frau im Leichenschauhaus gemacht - sie stimmen überein."

"Ich freue mich nicht darauf, diese Nachricht mitzuteilen. Das ist das schlimmste Ergebnis."

"Wenn du mich brauchst, komme ich mit, um dich zu unterstützen."

"Danke für das Angebot, aber das ist ein Zeitpunkt, an dem unsere Beraterin sehr nützlich sein wird. Wir haben sie noch nicht oft gebraucht, weil sie außerhalb der Schule arbeitet. Ich hatte noch nicht viel Kontakt zu Counsellor Briggs, du etwa?"

"Ich habe die Frau noch nicht einmal kennengelernt", sagte Officer Lane.

"Ich werde wohl der erste sein, der von unserer Station aus mit ihr arbeitet."

"Was auch immer passiert, Sarge, sie sollte gut ausgebildet sein, um damit umzugehen."

"Das hoffe ich sehr. Danke, und wir sehen uns auf der Station." Er beendete die Verbindung und stellte fest, dass er die Nummer von Eleanor Briggs nicht in seinem Telefon hatte. Er rief erneut auf dem Revier an und bat den Empfangschef, die Nummer herauszufinden. Er gab die Nummer in sein Handy ein und rief Briggs an, um sie über die Situation zu informieren.

"Ich kann bereit sein, sobald du mich brauchst", sagte Briggs.

"Okay, ich hole dich in etwa fünfzehn Minuten ab", sagte Miller und machte eine Kehrtwende. Er konnte nicht verhindern, dass er an Katie dachte. Diese Nachricht würde ihr das Herz brechen.

Widerwillig wählte er die Nummer von Abe und informierte ihn über die Situation.

***

BENJAMIN FÜHLTE SICH KLAUSTROPHOBISCH und wünschte sich, der Laden könnte öffnen. Das wäre eine willkommene Ablenkung. Er schickte Abe eine SMS: "Wo bist du?"

Abe war schon fast zu Hause, als er die SMS erhielt, da kam ein Anruf von Sergeant Miller.

"Ich habe traurige Nachrichten über Katies Mutter. Ihre Leiche wurde in der Nähe des Viadukts gefunden."

"Selbstmord?"

"Das wird nicht ausgeschlossen."

"Okay. Unglaublich traurige Nachrichten, wirklich. Die arme Katie. Soll ich es ihr jetzt sagen? Ich gehe gerade rein."

"Nein. Ein Berater und ich kommen rüber, um es Katie zu sagen. Werden du, Benjamin und El dabei sein? Sie wird eure Unterstützung brauchen."

"Äh, ja. So ein trauriges Ergebnis. Natürlich werden wir alle dabei sein."

Als er zu Hause ankam, ging er ins Familienzimmer und sah Katie an ein Stofftier gekuschelt. "Wer ist das jetzt?", fragte er.

"Das ist Edward Bär, mein Kuscheltier."

"Das möchte ich mir gerne genauer ansehen, wenn du in mein Zimmer rennst und mir meine Brille bringst."

Katie huschte hinaus und den Flur hinunter. Er winkte Benjamin und El heran und erzählte ihnen die traurige Nachricht.

✳✳✳

"DIE ARME KATIE", SAGTE El mit Tränen in den Augen.

Benjamin sagte nichts.

"Sergeant Miller kommt mit einem Berater vorbei, um es Katie zu sagen. Sie möchten, dass wir hier sind, um sie zu unterstützen. Die Beraterin wird mit der Situation umgehen, sie ist dafür ausgebildet, Kindern in traumatischen Situationen zu helfen."

"Katie wird untröstlich sein, der arme Schatz. Was soll nur aus ihr werden?"

"Und wenn sie es ihr gesagt haben, was dann?" sagte Benjamin und ließ die Schultern sinken. Sein Körper sackte in sich zusammen, als hätte er gerade einen Schlag in die Magengrube bekommen. "Werden sie sie wegnehmen und sie zu Pflegeeltern schicken - ich meine, zu Fremden?"

"Sie ist hier glücklich", sagte El.

"Abgesehen von dem Vorfall mit dem Fenster und den Albträumen", sagte Abe.

"Das liegt nicht mehr in unserer Hand, wenn sie weiß, dass ihre Mutter weg ist. Vielleicht hat sie Verwandte", sagte El.

"Wenn nicht, kommt sie ins Pflegesystem. Sie kann nicht in das System gehen", sagte Benjamin.

"Sie ist seit ein paar Tagen bei uns, Sergeant Miller wird dafür sorgen, dass Katie Priorität hat, und er kennt uns."

"Wir lieben Katie", sagte El.

Katie kam mit Abes Brille ins Zimmer. Er bückte sich, damit sie sie ihm aufs Gesicht setzen konnte.

"Danke, Kleines", sagte er und klopfte ihr auf den Kopf.

Abe, El und Benjamin bildeten einen Kreis mit Katie in der Mitte. Sie hoben sie hoch und drehten sie im Kreis. Sie kicherte, warf den Kopf zurück und stellte sich vor, sie würde fliegen.

KAPITEL 40

SCHLECHTE NACHRICHTEN

EIN KLOPFEN AN DER Tür unterbrach ihre Ausgelassenheit. Sie setzten Katie auf den Boden und Benjamin und El stellten sich hinter sie. Jeder hatte eine Hand auf ihrer Schulter. Abe ging zur Tür und kam kurz darauf mit Sergeant Miller und dem Betreuer zurück.

Benjamin drückte Katie fester an die Schulter.

"Ihr kennt mich alle", sagte Sergeant Miller. "Außer dir, Katie, bin ich ein alter Freund der Julius'. Und das ist Counsellor Briggs. Sie arbeitet mit mir auf dem Polizeirevier."

Abe schüttelte Briggs' männliche Hand, während Katie, El und Benjamin blieben, wo sie waren.

"Du hast ein schönes Haus", sagte Briggs in Richtung El.

Briggs war fast so groß wie Miller und mit ihren Schultern sah sie aus, als hätte sie Linebacker bei den Packers spielen können. Ihr erdbeerfarbenes Haar sah aus, als hätte sie den Finger in eine Steckdose gesteckt und dann Haarspray aufgetragen. Und ihr Gesicht war nicht rund oder oval, sondern wurde durch den Pony, die Haare und den fehlenden Hals eckig. Ihre Nase war nicht mittig, so dass man nie sicher war, ob ihre schielenden grünen Augen sie oder ihren Gesprächspartner ansahen. Briggs ging auf Katie zu, die sich hinter Benjamin und El versteckte.

Miller sagte: "Katie, Counsellor Briggs, Eleanor, möchte dir etwas sagen. Es ist wichtig."

Katie blieb, wo sie war, bis Benjamin und El ihre Hände nahmen.

"Ich werde es ihr sagen", sagte El, während sie und Benjamin sie zu dem Stuhl führten. Als sie sich gegenüberstanden, sagte El: "Katie, Schatz, deine Mami ist in den Himmel gekommen."

Briggs mischte sich ein. "Deine Mutter ist gestorben, Katie."

El nahm Katie in ihre Arme.

"Katie", sagte Briggs und beugte sich zu ihr hinunter, um sie auf dem Rücken zu berühren. "Verstehst du? Über deine Mutter? Gibt es etwas, das du mich fragen möchtest? Es ist in Ordnung, wenn du dich ausweinen möchtest."

Katie sagte nichts, sondern ging quer durch den Raum, wo sie ihre Arme ausstreckte und sich zu drehen begann. Sie sah aus, als würde sie so tun, als wäre sie eine Windmühle.

"Sie ist nicht tot", sang sie zu einer nur allzu bekannten Melodie - Frere Jacques.

Benjamin liefen die Tränen über die Wangen, als er sie in seine Arme nahm.

Die ganze Zeit über schrie Katie: "Sie ist nicht tot! Sie ist nicht tot!", während sie ihre kleinen, geballten Fäuste gegen seine Brust schlug.

Benjamin ließ sie ihren ganzen Schmerz mit ihm als Sandsack herausschlagen. Als sie keine Gefühle mehr hatte und erschöpft war, sackte sie in seinen Armen zusammen wie eine Stoffpuppe. Er trug sie in ihr Zimmer und steckte sie ins Bett. Sie schloss ihre Augen. Ab und zu sickerten Tränen durch, er wischte sie weg und hielt ihre Hand, während sie einschlief.

Auf dem Flur wandte sich Briggs an El: "Katie ist jetzt ein Mündel des Gerichts. Sie werden entscheiden, was das Beste für sie ist."

"Sie hat gerade ihre Mutter verloren", sagte El und ballte ihre Fäuste so fest, dass ihre Nägel die Haut durchbrachen. "Was für eine Frau bist du?"

"Whoa. Sie macht nur ihren Job, El", sagte Sergeant Miller.

"Du brauchst einen Gerichtsbeschluss, um sie aus meinem Haus zu entfernen", sagte Abe.

Sgt. Miller sah seinen alten Freund böse an. "Moment mal, Abe. Wir haben nicht die Absicht, ihr Zimmer zu stürmen und sie aus ihrem Bett zu reißen. Sie hat gerade erst ihre Mutter verloren und wir würden das weder ihr noch einem anderen Kind antun, weder jetzt noch jemals. Außerdem kennt sie dich und ist an einem vertrauten Ort mit Menschen, denen sie vertraut und die sie kennt, besser aufgehoben."

"Sie ist jetzt ein Teil unserer Familie", sagte El.

"Ja, aber sie ist nicht dein Kind", sagte Briggs. "Außerdem gibt es Gesetze und Protokolle, die befolgt werden müssen."

"Du bist eine kalte Frau", sagte El und ging Briggs auf die Nerven.

Miller zog sie auseinander. "Ich werde mit ihr reden", sagte er zu El. Dann zu Briggs: "Wir können draußen darüber reden."

Briggs stemmte ihre Hände in die Hüften. "Sicher, wir können diese Diskussion draußen fortsetzen."

Sie ging einen Schritt auf die Tür zu und sagte dann zu El und Abe: "Ihr kennt also das Verfahren. Sobald ich die Papiere eingereicht habe, wird ein Richter entscheiden, was der nächste Schritt sein wird. Normalerweise wird das Kind ausgehändigt. Normalerweise innerhalb der nächsten vierundzwanzig bis achtundvierzig Stunden. Geschieht dies nicht, drohen eine Geldstrafe wegen Behinderung oder Gefährdung und möglicherweise sogar eine Gefängnisstrafe. Das hängt alles von dem Richter ab, der für Katies Fall zuständig ist." Sie drehte ihnen den Rücken zu und machte sich auf den Weg zum Ausgang.

"Ihr Name ist Katie", rief El ihr hinterher.

Miller entschuldigte sich ausgiebig, während er Briggs aus der Tür folgte.

KAPITEL 41

MILLER UND BRIGGS

MILLER SCHNAPPTE DIE TÜR seines Wagens auf. Drinnen angekommen, schlug er sie zu. Nachdem er ein paar Mal tief durchgeatmet hatte, schloss er die Beifahrertür auf und ließ Briggs ins Fahrzeug einsteigen. Als sie sich anschnallte, schlug er seine geballten Fäuste auf das Lenkrad. "Du hättest nicht so hart zu ihnen sein müssen."

"Sie haben sich zu sehr an ein Kind gewöhnt, das nicht ihres ist. Ein Kind, das zur Familie gehört, nicht zu zufälligen Fremden. Sie braucht mehr denn je Blutsverwandte und keine Möchtegern-Verwandten."

"Was ist, wenn es keine Blutsverwandten gibt?"

Briggs schüttelte den Kopf. "Wenn wir nicht nachschauen, werden wir es nie erfahren. Es ist unsere Pflicht dem Kind gegenüber, nach ihnen zu suchen. Wir dürfen nichts unversucht lassen. Wir müssen dafür sorgen, dass sie die bestmögliche Pflege erhält, von Menschen, die ihr helfen, mit ihrer Trauer umzugehen."

"Sie lieben sie, haben sie zu einem Teil ihrer Familie gemacht und ich kenne sie schon seit Jahren."

"Das weiß ich, aber da ist etwas. Irgendetwas stimmt nicht. Ich kann es nicht genau benennen, aber es ist da."

Als er rückwärts aus der Einfahrt fuhr, holte Miller noch einmal tief Luft. "Aber wenn sie nicht gewesen wären, wäre sie vielleicht entführt oder ermordet worden. Sie haben sie gerettet, sie gerettet. Wer weiß, was mit ihr passiert wäre, wenn man sie die ganze Nacht am Hafen allein gelassen hätte. Du weißt, wie die Gegend nach Einbruch der Dunkelheit aussieht. Drogensüchtige und Prostituierte. Das Kind hatte verdammtes Glück, dass die Familie Julius sie fand, aufnahm und behandelte, als wäre sie ihr eigenes Kind."

"Ich verstehe, was du meinst, Sergeant Miller, aber selbst du musst einsehen, dass das Kind hier Vorrang haben muss. Und ich muss meinem Instinkt folgen."

Er war so wütend, dass er nicht sprechen konnte und grub stattdessen seine Nägel in den Lederschutz des Lenkrads, während sie weiter schwafelte.

"Du bist jetzt seit Jahren bei der Polizei und dein Ruf ist hervorragend. Und doch lässt du deine eigenen Gefühle mit dir spielen. Wie ich gehört habe, hast du die Polizei die Kosten für die Suche nach einem Kind tragen lassen, von dem du seit Tagen wusstest, wo es sich aufhält? Du hast sogar gegenüber der Presse so getan, als würden wir nicht nur nach der Mutter, sondern auch nach Katie suchen. Wie du sehr gut weißt, waren deine Handlungen in beiden Fällen gegen die Vorschriften."

Miller grub seine Fingernägel weiter in die Lenkradabdeckung. Er hielt den Atem an und konzentrierte sich auf die Straße. Wenn er das nicht tat, würde er extrem wütend werden und... er wollte nicht die Kontrolle verlieren, wenn sie seinen Schalter umlegte. Sie versuchte, ihn aus der Ruhe zu bringen, indem sie seine Integrität in Frage stellte. Er war ihr in jeder Hinsicht überlegen, und trotzdem redete sie weiter wie...

"Oh, ich verstehe", sagte sie. "Sie sind deine Freunde und können kein Kind bekommen, also hey, presto, hier ist jedermanns Kind, das niemand will."

Miller trat auf die Bremse, als die Ampel von gelb auf rot wechselte. "Was glaubst du, mit wem du redest?", fragte er. "Zunächst einmal hat niemand, wie du es nennst, "die Rechnung bezahlt". Ich habe mich an das Protokoll gehalten und dem D.P.C. berichtet, dass Katie bei Abe und seiner Frau wohnt. Er sagte mir, ich solle die Situation überwachen, was ich auch tat. Und als die RCMP eingeschaltet wurde, habe ich ihnen gesagt, wo sie ist. Ich folge dem Protokoll."

Sie schüttelte den Kopf: "Es tut mir leid, das ist nichts Persönliches. Dafür gibt es das System, um diejenigen zu schützen, die sich nicht selbst schützen können."

Er quittierte ihre letzte Aussage mit einem Nicken, denn er wusste, dass sie wahr war. Katie dort zu lassen, wo sie war, machte Sinn, aber Briggs hatte in einem Punkt recht: Regeln waren Regeln. Die Fakten lagen auf der Hand: Das Paar war älter, und das könnte die Gerichte beeinflussen.

"Das ist mein Zuständigkeitsbereich", sagte Miller. "Zeig mir nicht das Regelwerk. Ich habe mich schon an die Regeln gehalten, als du noch im Kinderwagen herumgeschoben wurdest."

Briggs lachte.

Er fuhr fort, nun etwas ruhiger. "Das System hat seine Fehler, das Kind, Katie, ist nicht im System verloren gegangen. Sie wurde in die Obhut der Familie Julius gegeben, die eine Stütze in unserer Gemeinde ist."

Briggs war eine Weile still. "Gegeben" ist das Wort, das ich ablehne. Ein Kind ist kein Hündchen, das man einfach aushändigt. Ein Richter muss sich die Fakten ansehen und diesen Fall entscheiden. Der Richter wird die Dinge schwarz auf weiß sehen. Er wird sich nicht von Emotionen beeinflussen lassen."

"Ich würde für Abe und El bürgen. Wenn ich sterben würde, könnte ich mir kein besseres Paar vorstellen, das sich um meine eigenen Kinder kümmert - wenn sie noch Kinder wären. Meine sind alle erwachsen geworden."

"Hier geht es nicht um dich, Sergeant Miller. Das ist nicht dein Kampf."

Miller war still. Mit einer Sache hatte sie recht: Es war nicht sein Kampf. Trotzdem kannte er Abe und seine Familie.

Miller setzte Briggs an ihrem geparkten Auto ab und machte sich auf den Weg zum Bahnhof. Sie machte ihn so wütend, wütend. Was er am meisten hasste, war, wie Recht sie hatte. Einerseits würden sich die meisten Richter nicht für Abe und El interessieren und auch nicht dafür, wie alt sie waren.

Auf der anderen Seite würden sie sich einen Dreck um die sogenannten Instinkte von Anwalt Briggs scheren. Vor allem nicht, wenn er zuerst für Julius plädieren würde. Er schätzte, dass Briggs mindestens dreißig Minuten brauchen würde, um zurück ins Büro zu kommen. Je nach Verkehrslage mehr oder weniger. In der Zwischenzeit würde er einen Plan in die Tat umsetzen.

Zurück im Büro klickte Miller auf die Datenbank und las Officer Lanes Bericht. Er tippte einen aktualisierten Nachtrag ein:

Datum, Uhrzeit. Sergeant Alex Miller und Beraterin Eleanor Briggs trafen sich im Haus der Familie Julius, in dem Katie Walker seit dem Verschwinden ihrer Mutter am Datum, Uhrzeit, untergebracht ist. Mit Abe, seiner Frau, El und ihrem Pflegesohn - er tippte auf Pflegekind - fügte er adoptiert hinzu.

Er hielt inne, weil er sich nicht sicher war, ob der Junge noch in Pflege oder schon adoptiert war. Er tippte erneut Pflegesohn ein, während Katie über den Tod ihrer Mutter informiert wurde.

Meiner Meinung nach sollte das Kind bei der Familie von Julius bleiben. Sie kennt sie und hat Vertrauen aufgebaut. Sie in dieser Zeit der Trauer in eine fremde Umgebung mit Menschen, die sie nicht kennt, umzusiedeln, wäre eine grausame und unnötige Veränderung und könnte sich auf die Chancen des kleinen Mädchens auswirken, den Verlust ihrer Mutter zu überleben.

Er hörte auf zu tippen und las noch einmal. Er hatte das Bedürfnis, Briggs' Intuition anzusprechen. Die Wahrheit war, dass die einzige Person, die das Kind verärgert hatte, Briggs selbst war.

Er klappte die Akte zu.

Miller rief einen befreundeten Richter, Richter Anders, an, der vorschlug, eine vorläufige Anhörung anzusetzen. Anders stimmte zu, dass es keinen Grund gab, das Kind zu entwurzeln.

"Bitten Sie den Antragsteller, in einer Stunde ins Gerichtsgebäude zu kommen", sagte Anders. "Dann können wir die Dinge in Bewegung setzen."

"Danke", antwortete Miller. Er legte auf und rief Abe an und erklärte ihm die Dringlichkeit seines Kommens zum Gerichtsgebäude. "Wir treffen uns im Eingangsbereich, so schnell wie möglich. Wir gehen gemeinsam zu Richter Anders' und erledigen den Papierkram." Er zögerte und fuhr dann fort. "Ich habe einen Gefallen eingefordert, der hoffentlich ausreicht, damit du Katie bei dir behalten kannst", sagte Miller. "Also, komm nicht zu spät."

"Bin schon unterwegs", sagte Abe und bestellte ein Taxi. Noch bevor er sich anschnallen konnte, wies er den Fahrer an, ihn so schnell wie möglich zum Gerichtsgebäude zu bringen.

"Wenn ich einen Strafzettel bekomme, musst du die Rechnung bezahlen", sagte der Fahrer.

"Ich sage nicht, dass du gegen das Gesetz verstoßen sollst, sondern nur, dass du dich daran halten und die am stärksten befahrenen Strecken meiden sollst."

"Klar doch", antwortete der Fahrer.

✳✳✳

ZURÜCK IN IHREM BÜRO blätterte Eleanor Briggs online durch die Akten des Kindes namens Katie Walker. Bingo, sie fand einen aktuellen Bericht von Officer Lacey Lane. Darin sagte Lane, dass Katie Albträume hatte und schlafwandelte. In einem Fall hat sie sich sogar selbst verletzt. El Julius kümmerte sich um sie, ohne einen Krankenwagen zu rufen, und behauptete, eine qualifizierte Krankenschwester zu sein.

In das Originaldokument tippte sie den folgenden Zusatz ein:

Datum, Uhrzeit. Beraterin Eleanor Briggs und Sergeant Alex Miller besuchten das Haus der Julius', wo Katie Walker über den Tod ihrer Mutter informiert wurde. Anwesend waren auch Abe, El und Benjamin Julius.

Katie hatte seit dem Verschwinden ihrer Mutter am Datum bei ihnen gewohnt. Das Kind nahm die Nachricht so gut auf, wie es unter diesen Umständen möglich war.

El Julius wurde jedoch feindselig, als Briggs versuchte, direkt mit dem Kind zu sprechen. Nach der Lektüre des Berichts von Officer Lane ist diese Beraterin der Meinung, dass die Albträume die direkte Folge von Frau Julius' Überbemutterung gewesen sein könnten. Das ist

187

besorgniserregend, da Katies Mutter - bis heute - als lebendig galt. Ich empfehle daher, Katie Walker sofort aus dem Haus der Familie Julius zu entfernen. Vorzugsweise sollte sie in ein Heim mit Blutsverwandten umgesiedelt werden.

Sie hörte auf zu tippen und dachte einen Moment lang nach. Konnte die Lektüre dieser Informationen etwas über das Bauchgefühl aussagen, das sie hatte? Sie beschloss, dass es das nicht tat. Dennoch hatte sie jetzt mehr Informationen, die ihre Argumente untermauern würden.

Briggs war sich sicher, dass die meisten Richter ihren Empfehlungen folgen und die kleine Katie Walker in die Obhut der Provinz nehmen würden.

Sie drückte auf SEND.

KAPITEL 42

BRIGGS VERPASST ES

EINE FREUNDIN, DIE IM Büro von Richterin Anders arbeitete, schuldete Eleanor Briggs einen Gefallen. Sie rief sie an und informierte sie über die Situation. "Verdammter Mistkerl", rief Briggs aus. Anders war nicht die Art von Richter, die man anrufen und mit ihm verhandeln konnte. Mit ihm konnte man nur von Angesicht zu Angesicht verhandeln. Sie rannte aus dem Gebäude, zu ihrem Auto und machte sich auf den Weg zum Gerichtsgebäude.

Briggs konnte nicht glauben, dass Miller sich an einen Richter wandte, schon gar nicht an einen, mit dem sie sich nie verstanden hatte. Obwohl sie nicht glaubte, dass Miller wissen würde, dass sie sich gestritten hatten. Andererseits hatte sich das im Revier herumgesprochen. Die Leute redeten. Es wurde getratscht, wie in jedem anderen Beruf auch. Das war ein zu großer Zufall.

Miller musste es wissen. Sie wich um eine Ecke aus und quietschte mit den Reifen, als die Ampel gelb wurde.

Sie schlug mit den Fäusten auf das Lenkrad. Sie konnte immer noch nicht glauben, dass ausgerechnet Richter Anders diese Vorverhandlung durchführte. Er war für seine Milde bekannt und liebte Geschichten, die ihm ans Herz gingen. Er war ein guter, fairer und gerechter Richter, aber er trug sein Herz auf der Zunge - manche hielten das für seine beste Eigenschaft als Richter. Für Briggs war das Befolgen von Regeln nach Vorschrift die einzige Möglichkeit, zu arbeiten. Wenn Anders nur von den Albträumen wüsste und davon, dass Mrs. Julius sich als Krankenschwester ausgab - das könnte alles ändern.

Briggs erreichte das Büro des Richters, als Miller und Abe gerade das Gebäude verließen.

"Du kommst zu spät", sagte Miller. "Richter Anders hat unserem Antrag zugestimmt, dass Katie einen Monat lang bei den Julius' bleiben darf. Er wird sich den Fall nach Ablauf der Frist noch einmal ansehen."

Briggs drängte sich zwischen den beiden Männern hindurch, betrat Anders' Zimmer und schloss die Tür hinter sich.

"Er wird es nicht mögen, wenn man ihn in Frage stellt", sagte Miller, als er und Abe das Gebäude verließen.

KAPITEL 43

ABE UND MILLER

MILLER WAR MIT DEM Ergebnis zufrieden, als er Abe nach Hause fuhr. Das Einzige, was sich für Katie in den nächsten Monaten ändern könnte, wäre, wenn sich ein Verwandter meldet. Ansonsten würde das Kind auf unbestimmte Zeit in ihrer Obhut bleiben.

Abe war still, bis das Auto vor seinem Haus anhielt. "Was passiert, wenn Briggs sich durchsetzt und Katie zu völlig fremden Menschen geschickt wird?"

"Wir haben ein Urteil zu unseren Gunsten erwirkt, darüber sollten wir uns jetzt keine Gedanken machen."

"Aber ich mache mir Sorgen. Ich bin mir sicher, dass Benjamin und El sich auch Sorgen machen werden. Sollen wir dem Kind sagen, dass es nur einen Monat bei uns sein darf? Um sie vorzubereiten?"

"Ein Monat ist für ein kleines Mädchen wie Katie eine lange Zeit", sagte Miller. "Und sie trauert immer noch um ihre Mutter."

"Es wird ein schwieriger Weg, aber danke", sagte Abe, als er aus dem Auto stieg. Er winkte, als Sgt. Miller wegfuhr.

KAPITEL 44

KATIE

ALS KATIE AUFWACHTE, STARRTE sie an die Decke. Die winzigen Rosenblüten sahen heute noch schöner aus, weil die Sonne auf sie schien. Sie beobachtete die roten Blütenblätter, die in der Luft tanzten, rollten und flatterten wie in einem Film.

El schlief fest neben ihr und Benjamin schlief auf dem Stuhl. Sie erinnerte sich, dass etwas Wunderbares passiert war und dann etwas nicht so Wunderbares.

Sie schloss die Augen und versuchte, sich sowohl an das Gute als auch an das Schlechte zu erinnern. Sie dachte an den Mann in der Polizeiuniform und die unheimliche Frau. Sie zuckte zusammen, als sie daran dachte, dass die Frau sie gepackt hatte.

Dann erinnerte sie sich. Die böse Frau sagte, ihre Mama sei tot, aber das war sie nicht. Sie wimmerte.

Benjamin und El schlossen das Kind in ihre Arme.

"Sie ist nicht tot", sagte sie mit Tränen in den Augen.

"Es wird alles gut", sagte El und kämpfte gegen die Tränen an.

"Wir sind für dich da", beruhigte Benjamin sie.

Benjamin wusste, dass er ihr den Schmerz nicht abnehmen konnte, es war ihrer und nur ihrer. Er hatte den gleichen Schmerz des Verlustes selbst erlebt. Daher wusste er, dass er ihr helfen konnte, indem er ihren Schmerz teilte, so wie Abe es vor langer, langer Zeit für ihn getan hatte. Damals hatte er seinen Schmerz an Abe weitergegeben, jetzt würde er Katie erlauben, ihren Schmerz an ihn weiterzugeben.

KAPITEL 45

MEHR KATIE

ALS ABE INS HAUS ging, fand er Benjamin und El in Katies Zimmer.

"Ich muss mit dir reden, El", flüsterte er.

Sie kam heraus und ließ Benjamin und Katie mit angelehnter Tür zurück.

Abe nahm seine Frau bei der Hand und führte sie in den Flur.

"Nimmt man sie uns weg?", fragte sie.

"Komm mit in die Küche, dann können wir richtig reden."

Benjamin war aufgewacht und hatte zugehört, bis sie sich in die Küche entfernten.

"Nein, wir haben heute einen Sieg errungen, sie kann noch mindestens einen Monat bei uns bleiben, vielleicht sogar für unbestimmte Zeit."

"Ich bin froh, dass sie nicht umgesiedelt werden muss. Sie ist nicht in der Verfassung, um bei Fremden zu leben. Das könnte ich nicht ertragen."

"Es ist nur vorübergehend, aber dank Sergeant Millers Fürsprache ist es ein Gewinn."

"Wir müssen es Benjamin sagen."

Sie gingen in Katies Zimmer. Sie schlief, Benjamin hingegen war nirgends zu finden. Als sie in Katies Zimmer zurückkehrten, streichelte El den Kopf des kleinen Mädchens. Sie schlug die Decke zurück: Es war die Puppe, nicht Katie. "Oh nein!", rief sie aus.

Das ältere Ehepaar durchsuchte alle Zimmer im Haus und ging dann in den Garten. Immer noch keine Spur von Katie oder Benjamin.

"Wo können sie nur hin sein?" fragte El.

"Ich weiß es nicht", sagte Abe.

"Sie war so verzweifelt. Wir hatten sie gerade erst beruhigt, als du mit mir sprechen wolltest." Sie schnappte nach Luft. "Vielleicht dachte Benjamin, dass sie sie mitnehmen würden und hat sie deshalb mitgenommen, bevor sie es konnten. Als du mich aus dem Zimmer gerufen hast, muss er gedacht haben..." Sie weinte in ihre Hände.

"Sie können nicht weit gekommen sein."

KAPITEL 46

BENJAMIN UND KATIE

ER TRUG DAS SCHLAFENDE Kind in seinen Armen und stieg in das bestellte Taxi.

"Meine Schwester ist eingeschlafen, bevor ich sie nach Hause bringen konnte", erklärte er.

Der Fahrer zuckte mit den Schultern.

Benjamin streichelte Katie im Schlaf über das Haar. Sie mitzunehmen, war die einzige Möglichkeit, sie in Sicherheit zu bringen. Überall lauerten Gefahren. Gefahren, vor denen nur er sie schützen konnte.

Fünfundvierzig Minuten später, am anderen Ende der Stadt. "Du kannst uns hier absetzen", sagte Benjamin.

"Sie hat einen festen Schlaf", sagte der Fahrer. Er stieg aus und öffnete die Tür. Benjamin drückte ihm ein paar Scheine in die Hand.

Der Mann an der Tür öffnete sie und nahm den Schlüssel entgegen. Im Aufzug rührte sich Katie kurz, dann schlief sie wieder ein.

Als er im siebten Stock ankam, öffnete er die Tür und legte sie vorsichtig auf das Bett. Er zog die Vorhänge zu, legte eine Decke über sie und setzte sich auf einen Stuhl neben dem Bett. Er döste vor sich hin.

"Was ist passiert? Wo bin ich?" fragte Katie, rieb sich die Augen und versuchte, aus dem Bett zu kommen. Da ihr das nicht gelang, blieb sie auf dem Kopfkissen liegen. Ein paar Stunden waren vergangen und sie befand sich an einem ihr unbekannten Ort. Einem Ort, der nach Zuckerwatte und verbranntem Toast roch.

Benjamin hatte gewartet, bis Katie zu sich gekommen war, bevor er mit ihr sprach. Als die Drogen, die er ihr gegeben hatte, nachgelassen hatten, konnte er mit ihr reden. Dinge erklären. Sie ruhig halten.

Er wollte nicht, dass sie schreien würde. Jemand könnte sie hören, wenn sie schrie. Dann würde er ihr wehtun müssen. Er wollte ihr nicht wehtun.

KAPITEL 47

ABE UND EL

"Ich glaube, wir sollten Sergeant Miller anrufen und ihm Bescheid sagen", sagte Abe.

El hielt ihn auf. "Warum? Es wird schon alles gut gehen. Er wird sie zurückbringen. Sie wird nicht weit gekommen sein, nicht ohne ihre Puppe."

"Ich habe ein schlechtes Gefühl bei der Sache", sagte Abe. "Ich rufe Sergeant Miller an." Er stand auf und ging zum Telefon. Er nahm den Hörer ab und begann zu wählen.

"Du hast Recht, Abe." Sie rückte näher an ihn heran, als ihr Mann den Hörer auflegte und ihr den Rücken zudrehte, um wegzugehen. "Wir müssen es melden. Beide Kinder sind verschwunden."

Sie folgte ihrem Mann dicht auf den Fersen. "Es ist unsere Verantwortung. Wir müssen die Kinder finden, und zwar schnell."

"Das werden wir auch, es gibt keinen Grund zur Panik."

"Vielleicht", sagte El, während Abe wieder den Telefonhörer auflegte. "Vielleicht. Aber..." El ging auf die Haustür zu. "Ich gehe nach draußen, um nach ihnen zu rufen. Vielleicht verstecken sie sich. Sie spielen ein Versteckspiel."

Abe packte sie am Arm. Er zog sie zurück ins Wohnzimmer.

El beobachtete schweigend, wie ihr Mann auf und ab ging und immer unruhiger wurde.

KAPITEL 48

KATIE

AUF EINEM STUHL NEBEN dem Bett saß Benjamin. Er sah aus wie Benjamin und dann auch wieder nicht. Er war ganz verschwommen und weit weg.

Wo war El? Wo war Abe?

Sie schaute zur Decke, aber in diesem Raum gab es keine tanzenden Rosenblüten. Der Raum begann sich zu drehen, und ihr Magen stieg ihr bis zum Hals.

Benjamin war an ihrer Seite und hielt ihr einen Eiskübel hin, in den sie sich erbrach. Als sie fertig war, ging er ins Badezimmer und spülte den Inhalt des Eimers die Toilette hinunter. Er ließ kühles Wasser auf einen Waschlappen laufen und ging zurück, um ihn auf die Stirn des Kindes zu legen.

"Geht es dir jetzt besser?", fragte er, als sein Telefon vibrierte. Abe war am Apparat. Er schaltete sein Telefon aus, nahm den Akku heraus. Er legte es auf den Boden und stampfte darauf herum, dann warf er die Überreste in den Mülleimer.

Katie sah schweigend zu, bis er zurückkam. "Ja, danke", sagte sie. Er setzte sich auf das Ende des Bettes und sah sie an. "Wo sind wir? Wo ist meine Mami? Ich will meine Mami! Und wo sind Abe und El? Ich will zu El."

Benjamin wandte sich ab und stand auf. "Sie mussten weggehen. So wie deine Mami weg musste." Er ging quer durch den Raum und ließ sich auf einen Stuhl fallen. Er zog die Beine hoch, so dass er im Yoga-Stil saß, und schloss die Augen, als wolle er meditieren.

Katie schluchzte.

Er öffnete seine Augen. "Jetzt geht es um dich und mich, du und ich, Kind." Er schloss seine Augen wieder und bedeckte sein Gesicht.

Katie fing an zu weinen: "Ich will meine Mami. Ich will meine Mami!"

Benjamin bewegte sich auf dem Boden auf sie zu.

Sie wich vor ihm zurück und schlang ihre Arme um sich.

KAPITEL 49

EL UND ABE

EL WURDE IMMER UNGEDULDIGER mit Abes Untätigkeit.

"Wir müssen etwas tun, jetzt", sagte sie. "Die Zeit läuft ab und es könnte alles Mögliche passieren. Ich wünschte, ich hätte dich nicht davon abgehalten, Alex anzurufen. Ich wünschte..."

Sie griff nach dem Telefon.

"Tu es nicht", sagte Abe und hielt sie am Arm fest. "Tu es einfach nicht."

KAPITEL 50

EIN GEFÜHL

ALS SGT. MILLER IN sein Büro zurückkehrte, lag eine Akte auf seinem Schreibtisch. Er blätterte durch einen Bericht, der bestätigte, dass die tote Frau Margaret (Maggie) Monahan hieß. Er hielt inne und lehnte sich in seinem Stuhl zurück. Warte mal. Die Mutter von Katie war Jennifer Walker. Aber der DNA-Bericht stimmte mit Katie überein.

Er beugte sich vor und las weiter über Margaret Monahan. Als sein Finger über ihren Lebenslauf fuhr, bestätigte er eine Verbindung: eine Schwester. Margaret Monahan war der Ehename von Jennifer Walkers Schwester.

Er las weiter und fand heraus, dass beide Eltern vor Katies Geburt gestorben waren. Sie hatte also ihre Großeltern nie kennengelernt.

Er dachte über Katies Reaktion auf die Nachricht nach. Sie hatte sich beharrlich geweigert, es zu glauben - und sie hatte Recht gehabt.

Miller stürmte aus seinem Büro, weil er dringend irgendwohin musste, aber noch nicht wusste, warum. Abes Name kam ihm in den Sinn. Warum? Er rief ihn an. Keine

Antwort. Doch irgendetwas nagte an ihm. Er ging zu seinem Auto und drückte auf die Sirene, die den Verkehr auf allen Seiten teilte, während er zu Abes Haus fuhr.

Als er in die Einfahrt fuhr, bemerkte er sofort, dass die Haustür weit offen stand. Am Fenster des angrenzenden Ladens hing ein Schild mit der Aufschrift GESCHLOSSEN.

Miller ging hinein und rief: "Ist jemand zu Hause? Ich bin's, Alex Miller. Abe? El?"

Das Haus war aufgeräumt und ruhig. Kein Geräusch aus dem Fernseher oder Radio. Aber irgendetwas stimmte nicht, sein Gefühl war richtig gewesen. Er zog seine Waffe zurück und bog um die Ecke, die ins Wohnzimmer führte.

Dort lag eine Leiche auf dem Boden: die Leiche von El Julius.

KAPITEL 51

ABE

KAPITEL 52

KATIE UND BENJAMIN

BENJAMIN LEGTE SEINEN ARM um Katies Schulter und sie saßen nebeneinander auf dem Bett, ohne zu sprechen. Sie kuschelte sich an ihn.

"Benji", sagte sie und schlang ihre Arme um seine Taille.

Er küsste sie auf den Kopf. Er summte ein Schlaflied, bis sie wieder einschlief. Er hielt sich die Ohren zu. Er hasste das Brummen des Mini-Kühlschranks. Er zog den Stecker aus der Wand.

KAPITEL 53

MILLER UND EL

"MEIN GOTT, EL", SAGTE Miller und ging auf ein Knie, um ihren Puls zu fühlen. Er war da, schwach, aber da. Er stützte ihren Kopf in seinen Arm und sie öffnete die Augen.

"Wer hat dir das angetan?"

"Abe", flüsterte sie.

Miller beugte sich näher zu ihr, er hatte nicht richtig gehört. Hatte er?

"Abe. Es war Abe", sagte sie und rollte mit den Augen, während er mit der freien Hand 911 in sein Telefon tippte.

Nachdem der Krankenwagen mit heulender Sirene weggefahren war, versuchte Sergeant Miller, Abe, Benjamin und Katie zu finden. Wo waren sie? Waren sie alle zusammen irgendwohin gegangen und hatten El in diesem Zustand zurückgelassen?

Während Miller alles durchging und nichts einen Sinn ergab, klingelte sein Telefon. Er hoffte, dass jemand etwas wusste. Und El würde es gut gehen. Das musste sie sein.

"Tut mir leid, Sergeant, aber sie hatte einen Herzstillstand", sagte der Krankenwagenfahrer. "Wir konnten sie nicht mehr retten."

"Oh nein", sagte Miller und unterbrach die Verbindung.

Er musste die Sache durchdenken. Er musste einen klaren Kopf bekommen. Er musste Katie Walker finden und ihr sagen, dass sie Recht hatte. Ihre Mutter war nicht wirklich tot, aber El schon. Wie sollte er ihnen die Nachricht überbringen?

Miller rief im Revier an und bat darum, ein Team zu schicken, das alle eingehenden Anrufe zurückverfolgen sollte.

"So schnell wie möglich - ich meine gestern", sagte er.

Wenige Augenblicke später war ein Team auf dem Weg zum Haus der Julius'.

KAPITEL 54

BENJAMIN UND KATIE

BENJAMIN WIEGTE KATIES KOPF und schaukelte hin und her und hin und her. Er tat so, als säßen sie in einem Schaukelstuhl, obwohl sie gar nicht in einem saßen. Stattdessen befanden sie sich an dem geheimen Ort. Der geheime Ort, an den alle vergessenen Kinder gingen.

Die anderen Kinder rannten und spielten, während Katie weiterschlief. Benjamin winkte ihnen zu und legte dann seine Finger an die Lippen.

"Schhhh", flüsterte er.

Er spielte mit ihrem Haar und überlegte, wie er seine Entscheidung erklären sollte. Es war nicht das erste Mal, dass er jemanden an den geheimen Ort mitnahm: den Ort in Van Goghs Sonnenblumengemälde.

Aber Katie war die Jüngste, also musste er jedes Wort sorgfältig und überlegt wählen. Ihm war klar, dass sie Angst haben würde, wenn sie das erste Mal aufwacht. Das war auch der Grund, warum er ihr mehr von dem Schlafmittel gegeben hatte, während er überlegte, was zu tun war. Er hoffte, dass ihr Übergang ruhig und einfach sein würde. Schließlich war sie jetzt auch eine Waise.

Sie würden zusammen sein, mit den anderen Kindern. Niemand musste allein sein, nicht hier in dieser neuen Welt.

Er erinnerte sich an das erste Mal, als er in Van Goghs Welt aufgewacht war. Abe hatte nie geahnt, dass er nicht mehr in seinem Körper war, während der alte Mann abscheuliche Dinge mit ihm anstellte.

Und jetzt würde er es nie erfahren. Denn er, Katie und die anderen waren sicher in einer neuen Welt versteckt, in die Erwachsene nicht gehen durften.

KAPITEL 55

ABE

ALS ABE AM BAHNHOF ankam, sah er sich den Fahrplan an. Er kaufte eine Fahrkarte und stellte seine Uhr auf die voraussichtliche Ankunftszeit ein. Er hatte noch eine Weile zu warten. Warten und sich Sorgen machen. Er ging über den Bahnsteig, setzte sich auf eine leere Bank und begann, seine Sorgen eine nach der anderen durchzugehen. Diese Methode, jedes Problem anzugehen, hatte sich für ihn in der Vergangenheit als wertvolle Strategie erwiesen.

Zuerst machte er im Kopf eine Liste, die mit El und Benjamin begann und mit Katie endete. Es war eine kurze Liste; eine, die er schnell in den Griff bekommen konnte.

Der Vorfall mit El war unglücklich. Sie hatte überreagiert, was ihn dazu veranlasste, das Gleiche zu tun. Wenn sie ihn doch nur die Dinge hätte regeln lassen.

Das hatte sie in der Vergangenheit getan, um eine Konfrontation zu vermeiden. Er hatte sie nicht hart geschlagen. Es war nur ein Liebesklaps. Sie würde sich erholen und alles verzeihen, wie sie es immer tat. Er rief zu Hause an, um nach ihr zu sehen.

"Hallo", bellte eine Männerstimme, als Abe sich auf den Weg zum Geldautomaten machte. Nachdem er etwas Geld abgehoben hatte, schaute er nach, an welchem Bahnsteig sein Zug ankommen würde und machte sich auf den Weg dorthin.

Abe sprach nicht, denn er war wie betäubt, als er Alex Millers Stimme am anderen Ende erkannte. Was machte er dort? Hatte El ihn angerufen? Hatte sie vor, ihn zu verklagen? In der Vergangenheit hatte sie das nie getan, weil sie das immer unter sich ausgemacht hatten.

"Abe, bist du das? El ist tot. Abe? Abe?"

Abe konnte es nicht glauben. El konnte nicht tot sein. Er ließ das Telefon los und es schlug auf dem Bürgersteig auf. Er hörte, wie Alex seinen Namen rief und nahm den Hörer ab. Zum Glück funktionierte es noch.

"Sie ist was? Nein, das kann nicht sein!"

Hinter ihm verfolgte Millers Team den Aufenthaltsort von Abe und versuchte, sein Telefon zu synchronisieren und seinen Standort zu übermitteln. Der Beamte gab mit Handzeichen zu verstehen, dass sie mehr Zeit brauchten.

Miller sagte. "Sie hatte einen schweren Schlag auf den Kopf, ich habe den Krankenwagen gerufen, aber sie hat es nicht ins Krankenhaus geschafft. Wo sind die Kinder? Weder Katie noch Benjamin sind im Haus. Wo bist du?"

Abe ging auf die Treppe zu und wollte nach Hause gehen. Er musste sich an seinen Plan halten. Er musste Benjamin und Katie finden.

Der Beamte wies Miller erneut darauf hin, dass er den Anruf in die Länge ziehen sollte, indem er ihn in der Leitung behielt.

"Deine Haustür stand weit offen, als ich hier ankam. Ich habe mir Sorgen um dich gemacht, Abe. Wir sind schon so lange befreundet, dass ich einfach ein Bauchgefühl hatte. Als ob du mich brauchen würdest oder so", Miller schaute hinüber, sie hatten seinen Standort geortet.

Er fuhr fort. "Ich habe gerade daran gedacht, wie du und ich mit meinen beiden Jungs auf dem Boot zum Fischen gefahren sind. Weißt du noch? Es scheint schon so lange her zu sein, wir sollten es wiederholen. Diesmal könnten wir Benjamin und Katie mitnehmen. Sie würden es lieben. Meinst du nicht?"

sagte Abe. "Ich kann das mit El nicht glauben. Wie kann sie tot sein? Wer würde El jemals etwas antun?" Er hielt inne und fragte dann: "Hat sie etwas gesagt?

"Nein, Abe, sie war bewusstlos, als ich ankam. Ich bin schon so lange bei der Polizei und wir sind schon so lange befreundet, dass wir wohl eine Verbindung haben. Wie ich schon sagte, als ich ankam, stand die Tür weit offen."

Abe atmete ein.

"Geht es dir gut? Wo bist du? Ich hole dich ab; du wirst sie sehen wollen, und wir können die beiden Kinder suchen, sie müssen es wissen."

Eine Zugpfeife ertönte, gefolgt von einem tuckernden Geräusch.

"Ich muss jetzt gehen", sagte Abe. Sein alter Freund schwafelte - etwas, das er unter normalen Umständen nicht tun würde. El hatte etwas gesagt. Jetzt versuchten sie, seinen Standort zu finden. Er warf sein Telefon in den Mülleimer.

"Warte, Abe!" rief Miller und schaute den Polizisten an.

"Wir haben seinen Aufenthaltsort, einen Bahnhof auf der East Side. Ich habe es gerade überprüft und der Zug auf dem Bahnsteig ist abgefahren, aber er ist noch auf dem Bahnsteig."

"Schick mir den Standort, ich fahre sofort hin."

"Wird gemacht", sagte der Beamte.

Als er in sein Auto stieg, setzte er das Blinklicht auf das Dach. Er schaltete die Sirenen ein, so dass er sich wie Butter durch den stauenden Verkehr schlängeln konnte.

KAPITEL 56

ABE UND DER ZUG

IM ZUG SETZTE SICH Abe auf einen Platz abseits der anderen Fahrgäste, damit er nachdenken konnte. El war weg. Sie war tot. Er hatte sie umgebracht, aber es war ein Unfall. Er hatte sie nicht verletzen wollen. Ohne sie war sein Leben nichts mehr wert.

An der ersten Haltestelle beobachtete er die Fahrgäste auf dem Bahnsteig. Es war ärgerlich, sie wie Roboter herumlaufen zu sehen, die ihre ganze Aufmerksamkeit auf ihre Telefone richten. Wenn jemand hinter ihnen auftauchte, konnten sie ihn auf die Gleise schubsen. Sie wären tot, bevor sie wüssten, was passiert. Traurig, was aus der Welt geworden ist. Laufende Roboter.

Das war der Grund, warum er es so lange vermieden hatte, ein Handy zu benutzen. Erst als Benjamin ihm die Vorteile eines Handys erklärte, probierte er es aus. Wenn sie sich kurzfristig trafen, schrieben sie sich gegenseitig SMS. Ihre Nachrichten waren verschlüsselt, so dass niemand sonst wusste, worüber sie sprachen. Es war aufregend und machte Spaß.

Als Abe über El's Tod nachdachte, erfand er eine Geschichte in seinem Kopf. Diese würde er Sergeant Miller erzählen, wenn er ihn das nächste Mal sehen würde. Er würde damit beginnen, seinem alten Freund zu erzählen, wie Benjamin Angst hatte, dass sie Katie in Pflege nehmen würden. Benjamin, der im Pflegesystem missbraucht worden war. Wie der arme, verzweifelte Teenager El aus Versehen geschubst hatte. El war auf den Boden gefallen. Wie er selbst nachgesehen hatte, dass El bei klarem Verstand war, und dann mit El's Einverständnis aus dem Haus gerannt war, um Benjamin zu finden, der Katie mitgenommen hatte, nachdem er El verletzt hatte, und sich aus dem Staub gemacht hatte.

Ja, nach allem, was er für den Jungen getan hatte, würde er ihn davon überzeugen, der Geschichte zuzustimmen. Er hatte seine Methoden, den Jungen zu überzeugen, alles zu tun, was er wollte.

Jemand setzte sich auf den Platz hinter ihm: eine Frau, dem Geruch ihres Parfüms nach zu urteilen. Er schaute sich um, ja, eine junge Frau. Vielleicht fünfundzwanzig. Auf dem Weg zur Arbeit oder zu einer Party, dachte er, ganz schick gekleidet. Er beobachtete, wie sie einen Apfel aus ihrer Tasche zog und zuckte zusammen, als sie erst einen, dann mehrere Bissen nahm. Sie kaute mit offenem Mund. Ein bisschen Apfelsaft spritzte auf seinen Hals. Er wischte ihn weg. Ekelhaft und ärgerlich. Sie knabberte und kaute. Knirschte und kaute. Er wartete mit angespannten Schultern auf das nächste Knirschen, aber es kam nicht. Er schaute zurück, um zu sehen, warum und entdeckte, dass die Frau erstickte.

"Kennt jemand das Heimlich-Manöver?" rief Abe, aber er und die Frau waren die Einzigen in der Kutsche.

Er schloss den Mund, als er merkte, dass sein Rufen die Aufmerksamkeit auf die Situation gelenkt hatte, und für den Bruchteil einer Sekunde, vielleicht auch mehr, wünschte er sich, er hätte die Frau ersticken lassen.

Als die anderen Fahrgäste sich auf den Weg zu ihnen machten, schlug er der Frau kräftig auf den Rücken, woraufhin sie den Apfel auf den Boden spuckte.

KAPITEL 57

MILLER FOLLOWING

MILLER RASTE DURCH DEN Verkehr. Er reservierte einen Platz am Eingang des Bahnhofs. Er ließ sein Licht blinken, damit die Fahrkartenkontrolleure ihn nicht festhalten konnten. Er rannte die Treppe hinauf.

"Du bist fast da. Geradeaus. Gleich links von dir", sagte der Überwachungsbeamte.

"Das Einzige, was sich außer mir auf dem Bahnsteig befindet, ist ein Mülleimer", sagte Miller. Er ging auf sie zu.

"Ja, von dort kommt das Signal."

Sergeant Miller zog seine Handschuhe an und steckte seine Hände in den Mülleimer. Als er eine Bananenschale beiseite schob, fand er, was er suchte: Abe's Telefon.

"Kann ich Ihnen helfen?", fragte ein Schaffner.

"Ja, wann ist der letzte Zug hier abgefahren?"

"Vor fünfzehn Minuten, aber sie sind nicht weit gekommen."

Miller verdrehte die Augen. "Wie das?"

Der Schaffner fuhr fort. "Der Zug hat wegen eines Notfalls mit einem Fahrgast an Bord angehalten. Der Krankenwagen hat eine Frau eingesammelt und sie ist auf dem Weg ins Krankenhaus. Sie wurde Opfer eines Apfels, der ihr in den Hals geriet. Sie sagen, dass sie wieder gesund wird, aber wir untersuchen sie nur, um sicherzugehen, dass sie versichert ist.

"Was war das Ziel des Zuges?" fragte Miller.

"Es ist ein Expresszug, also nur eine Endstation."

"Danke", sagte Miller. Er eilte die Treppe hinunter, stieg in sein Fahrzeug und aktivierte die Sirene.

KAPITEL 58

ABE DER GUTE SAMARITER

NICHT MEHR IM ZUG, hielt Abe die Hand der Frau, die er gerettet hatte. Sie waren auf dem Rücksitz eines Krankenwagens und auf dem Weg ins Krankenhaus.

Kurz nachdem sie den Apfel ausgespuckt hatte, traf der Krankenwagen ein. Die nervige junge Frau weigerte sich, in das Fahrzeug einzusteigen, wenn Abe nicht mit ihr ins Krankenhaus fahren würde.

"Er ist mein barmherziger Samariter", sagte die Frau.

Nachdem die Sanitäter die Frau auf einer Bahre ins Krankenhaus geschoben hatten, sah Abe seine Chance zu entkommen. Er rief ein Taxi. Während er auf dem Bahnsteig wartete, kam der Fahrer des Krankenwagens heraus.

"Danke, dass Sie die Situation unter Kontrolle gebracht und ihr Leben gerettet haben."

"Klar doch", sagte Abe durch das offene Fenster. Dann wandte er sich an den Fahrer: "Setzen Sie mich an der Ecke Magnolia und Oak ab."

Der weiße Lieferwagen fuhr weg, während der Fahrer des Krankenwagens in das Führerhaus seines Fahrzeugs stieg. Über Funk wurden alle Fahrer aufgefordert, nach einem Mann Ausschau zu halten, auf den Abes Beschreibung passt.

KAPITEL 59

MILLER UND ABE

MILLERS TELEFON KLINGELTE. "EIN Krankenwagenfahrer hat gerade angerufen. Er sagte, dass ein Mann, auf den Abes Beschreibung passt, vor ein paar Minuten in einem weißen Lieferwagen weggefahren ist. Ja, vom Krankenhaus. Er sagte, Abe habe einer Frau im Zug das Leben gerettet."

"Das klingt schon eher nach dem Abe, den ich kenne. Konnte der Fahrer das Nummernschild herausfinden?"

"Nein, aber er hat gehört, wie der ältere Herr darum gebeten hat, zur Ecke Magnolia und Oak gebracht zu werden."

"Ich bin fast da", sagte Miller und unterbrach die Verbindung. Er fragte sich, was sich in der Nähe befand - es war eine bekannte zwielichtige Gegend, in der auch tagsüber Nutten die Straßen säumten.

Ein paar Blocks später hielt ein weißer Lieferwagen an der Ampel in der Nähe von Magnolia. Miller stieg aus und näherte sich der Beifahrerseite. Abe war kein junger Hüpfer, aber er wollte kein Risiko eingehen, dass er davonlaufen könnte. Es befand sich kein Beifahrer im Fahrzeug.

Abe zeigte seinen Ausweis und fragte dann, ob er einen Beifahrer, einen älteren Herrn, mitgenommen habe. Der Mann nickte. "Wo ist er hin?"

"Er ist ein paar Straßen weiter ausgestiegen. Er bezahlte mit Bargeld und sagte, er würde den Rest des Weges zu Fuß gehen.

"So nah dran", sagte Miller, als er zu seinem Fahrzeug zurückkehrte, dann änderte er seine Meinung und ging auf den Bürgersteig. Er schaute auf und ab - keine Spur von Abe. Er überquerte die Straße und sah, wie jemand mit einer Tasche aus einem Laden kam. Er musste ein paar Blocks laufen, um ihn einzuholen - ohne auf die Ampeln zu achten - aber schließlich entdeckte er ihn.

Miller beobachtete, wie sein alter Freund die Treppe hinaufstieg. Ein Concierge öffnete ihm die Tür und zog seinen Hut.

Miller zeigte dem Concierge seinen Ausweis und ging hinein. Die Aufzugstüren schlossen sich und fuhren in den siebten Stock. Er überlegte, ob er die Treppe nach oben nehmen sollte, aber stattdessen wartete er darauf, dass der Aufzug wieder nach unten fuhr. Er stieg ein, drückte auf den Knopf und war innerhalb weniger Augenblicke auf der richtigen Etage, wo er vier Türen zur Auswahl hatte. Welche davon war die von Abe? Und was hatte er in einer Wohnung in dieser Gegend zu suchen? Vorsichtig ging er von Tür zu Tür und lauschte mit seinem Ohr an der Tür auf Geräusche im Inneren.

Er hörte nichts, bis er Tür Nummer vier erreichte.

KAPITEL 60

ZIMMER

IM ZIMMER STAND ABE stocksteif da, während er versuchte, zu Atem zu kommen. Hatte er den Verstand verloren? Einen Moment lang dachte er, er hätte Alex Miller da draußen gesehen. Sein alter Freund konnte ihm auf keinen Fall gefolgt sein - er hatte sein Telefon weggeworfen.

Er öffnete die Tasche, holte sein neues Handy heraus und schloss es zum Aufladen an. Dann holte er zwei Tüten mit Süßigkeiten heraus - Benjamins Lieblingssorten. Er schüttete sie in eine Schale, die er auf den Nachttisch stellte.

Als er sich im Zimmer umsah, bemerkte er zwei Gläser auf dem Couchtisch. Sie waren also da, oder sie waren da gewesen. Er merkte, dass er durstig war und schenkte sich ein kühles Glas Wasser ein.

Er trank es aus, dann goss er sich ein zweites Glas ein und hielt es an seine Stirn. Es fühlte sich gut an, also behielt er es an Ort und Stelle, während er sich im Raum umsah.

Hinter ihm tropfte der Wasserhahn. Er erinnerte sich daran, wie er nach einer ihrer vielen Sitzungen im Bett lag und Benjamin neben ihm schlief. Schon damals tropfte der Wasserhahn tropft tropft tropft. Er musste aus dem Bett aufstehen und den Hahn zudrehen. Als er wieder ins Bett ging, tropfte er wieder. Unter dem Waschbecken fand er einen Schraubenschlüssel und konnte das Problem beheben, aber jetzt war es wieder da. Es war schon eine Weile her, dass sie zusammen waren.

Er setzte sich auf die Kante des Bettes. "Katie? Benjamin?" Keine Antwort. Er versuchte es erneut und hob die Bettdecke an, um unter das Bett zu schauen. "Ich kann dich atmen hören." Er ging auf den Balkon zu: "Komm raus, komm raus, wo immer du bist."

KAPITEL 61

WAS?

WARTE. FRAGTE SICH MILLER, hat Abe ihre Namen laut ausgesprochen? Er schob sein Ohr näher heran. Da war es wieder, der alte Mann rief die Kinder, als würden sie ein Versteckspiel spielen. Miller kratzte sich am Kopf. Der Ton, den Abe anschlug, war spielerisch und vertraut. Als ob er so etwas schon einmal gemacht hätte.

Im Zimmer hörte er Schritte, gefolgt von dem Geräusch einer Tür, die sich öffnete und wieder schloss. Er hielt sein Ohr an die Tür gepresst, als die Toilettenspülung lief, der Wasserhahn quietschte, die Tür sich öffnete und Schritte sich ihren Weg durch den Raum bahnten, wo ein Bett knarrte. Augenblicke später hörte Miller laute Schnarchgeräusche. Abes Frau war tot, und er machte ein Nickerchen.

KAPITEL 62

DREAM

ABE TRÄUMTE, ER SEI wieder zu Hause und er war mit El zusammen. In einem Moment flogen sie zusammen über den Himmel. In einem anderen schmiegten sie sich aneinander auf dem Bett.

Sie flüsterte ihm ins Ohr: "Abe".

"Abe", flüsterte Benjamin.

"Benjamin?", fragte er, als er vom Bett aufstand. Keine Antwort.

Abe ging zum Kleiderschrank hinüber. Er erinnerte sich an Benjamin, als er vor Jahren zum ersten Mal in ihr Haus gekommen war. Er hatte vor allem und jedem Angst und hatte sich in einem Schrank versteckt, um sich zu beruhigen.

"Ich weiß, dass du da drin bist", sagte er und schob die Tür auf. Und tatsächlich, Benjamin war da drin. Mit dem Rücken zur Wand und im Schneidersitz.

Abe tastete an der Wand entlang und suchte nach einem Lichtschalter. Es gab keinen.

"Komm raus, Benjamin", lockte er ihn. "Ich habe dir Schokolade und Bonbons mitgebracht: deine

Lieblingssachen." Doch der Junge rührte sich nicht. Abe zog sich dorthin zurück, wo das Handy aufgeladen wurde. Fast auf halbem Weg. Er lud die Taschenlampenanwendung herunter. Er probierte sie aus und sie funktionierte einwandfrei. Er schlich sich in den Schrank, während sein Handy den Weg ausleuchtete.

Benjamin hielt etwas in der Hand, eine zerlumpte Puppe. Abe zielte mit der Taschenlampe auf ihn. Das Ding, das er in der Hand hielt, war keine Puppe: Es war Katie.

Er ging näher und näher. Er streckte die Hand aus und berührte erst die Wange des Jungen und dann die des Mädchens - sie waren beide eiskalt. Er stieß einen Schrei aus, um die Toten zu wecken.

KAPITEL 63

AUF DIE ANDERE SEITE DURCHBRECHEN

MILLER TRAT DIE TÜR mit seinem gestiefelten Fuß ein. Als er drinnen war, zog er seine Waffe aus dem Halfter, als Abe aus dem Schrank kam. Wie ein Zombie taumelte er über den Boden und fiel erst auf die Knie und dann mit dem Gesicht nach unten auf den Boden.

Miller hatte seine Waffe immer noch auf Abe gerichtet, der schluchzte und wimmerte wie ein Mann, der den Verstand verloren hatte. Miller ging näher heran und versuchte zu verstehen, was er sagte. Zuerst konnte er es nicht verstehen, dann hörte er: "Tot. Tot. Tot."

Er drehte sich zum Schrank um und trat hinein, als die Tür bereits offen war. Es war zu dunkel, er konnte nichts sehen. Er stieg aus, setzte die taktische Taschenlampe an seiner Waffe ein und ging wieder hinein.

KAPITEL 64

BODIES

DIE TASCHENLAMPE WAR ZU stark für einen so kleinen Raum. Die Strahlen prallten ab und erzeugten dunkle Schatten, bevor sie das, was da war, ausmachen konnten. Zwei Kinder: Benjamin und Katie.

Zuerst dachte er, sie würden schlafen. Er fuhr mit dem Licht über ihre Augen. Erst der Junge, dann das Mädchen. Jetzt war er sich sicher. Er hatte es schon so oft gesehen. Die beiden Kinder sahen aus wie die Leichen, die in der Leichenhalle auf den Tafeln aufgebahrt waren.

Er berührte Katies Gesicht und zuckte zusammen: Es war eiskalt. Armes Kind. Starb, ohne zu wissen, dass sie Recht hatte mit ihrer Mutter. Auch Benjamin war kalt.

Er wusste, dass er sie nicht bewegen sollte. Er sollte ihre letzte Ruhestätte nicht stören. Und doch, obwohl er es besser wusste. Obwohl er wusste, dass er damit die Beweise zerstören würde, tat er es trotzdem.

Miller musste sie zuerst entwirren. Benjamins Arme lagen um Katie, als wolle er sie beschützen. Ihr Kopf räkelte sich und ruhte auf seiner Schulter. Ihr nach Honig duftendes Haar strich über seine Wange, als er sie auf dem

Bett absetzte. Er ging zurück zum Schrank und warf dabei einen Blick auf Abe. Er lag immer noch auf dem Boden und starrte vor sich hin wie ein Zombie. Miller hob Benjamin auf und setzte ihn auf dem Bett ab.

Als er Abe ansah und sich am Kopf kratzte, dachte er an seine eigenen Kinder. Wie konnte das nur passieren? Was hatte es mit dem Tod von El zu tun? "Was ist passiert, Mann?", sagte er zu Abe.

Abe richtete sich auf seine Knie auf. Er hatte keine Kraft mehr, sich auf die Beine zu ziehen. Sein Kopf schlaffte und seine Augen starrten auf den Boden.

Miller rief: "Was zum Teufel ist hier passiert?"

Abe schluchzte und warf sich dann auf den Teppichboden. Er drückte sein ganzes Gesicht in den Teppich, als ob er den rauen Stoff auf seiner Haut als beruhigend empfinden würde.

Miller ging näher heran, so dass seine Stiefel Abes Kopf berührten. Er flüsterte: "Katie hatte recht - ihre Mutter lebt."

"Was?" erwiderte Abe.

"Das spielt jetzt keine Rolle", sagte Miller. "Sie ist tot. Sie sind beide tot."

Diesmal schlug Abe seine Stirn auf den Boden.

Miller schenkte sich ein Glas Wasser ein. Er trank es hinunter, aber es kam gleich wieder hoch, während im Hintergrund der Wasserhahn tropfte. Er dachte daran, Abe Wasser zu bringen. Er tat es nicht.

"Steh auf, Abe", forderte Miller. Als er aufrecht stand, rüttelte Miller ihn an den Schultern: "Erkläre dich, Mann."

Abe begann zu schluchzen und zu weinen. Er sackte auf die Knie.

Miller ging zum Kleiderschrank, holte eine Decke heraus und legte sie Abe über die Schultern. Er versuchte, nicht an die Kinder zu denken und konzentrierte sich stattdessen auf die Dinge, die er tun musste. Er musste den Gerichtsmediziner anrufen und eine Untersuchung in die

Wege leiten. Warum zögerte er? Worauf hat er gewartet? Es machte keinen Sinn - nichts davon. Die Kinder waren eiskalt - als wären sie schon eine Weile tot - obwohl sie laut El noch nicht lange weg sein konnten. Was war also passiert? Wer war dafür verantwortlich? Er meldete sich telefonisch und gab kaum eine Erklärung ab. "Zwei verstorbene Kinder: Ursache unbekannt", sagte er.

Während er darauf wartete, mit seinem Kommandeur zu sprechen, warf er einen Blick auf die beiden Kinder auf dem Bett. Sie sahen verängstigt aus - als hätte man sie zu Tode erschreckt. Er schüttelte den Kopf. Menschen können an vielen Dingen sterben, aber nicht an Angst.

Nachdem er den Anruf abgebrochen hatte, ging er zurück zu Abe. "Was in Gottes Namen ist hier passiert?" Er half Abe auf die Beine und führte ihn zum Waschbecken, wo er sich ein Glas Wasser holte.

Abe nahm einen Schluck und sagte dann: "Ich brauche Luft!" Er stürmte durch den Raum und warf die Tür zurück, die auf den Balkon führte.

Miller stand in den Bögen der Terrassentür; er hatte Angst, dass sein alter Freund springen könnte.

Von irgendwo im Zimmer schluchzte ein Kind.

Abe und Miller drehten sich zum Bett um, denn sie wussten genau, dass das Geräusch nicht von dort kam. Beide Männer standen stocksteif da und warteten mit allen Sinnen darauf, das Geräusch wieder zu hören.

"Gerichtsmediziner", sagte eine Stimme von draußen, nachdem sie geklopft hatte.

"Es ist offen", sagte Miller, als das Team, einschließlich der Spurensicherung, eintraf.

Miller warf einen Blick auf Abe, der ausdruckslos dasaß. Seine blauen Augen sahen noch blauer aus, als sie in seiner geisterhaften Blässe verborgen waren.

"Was haben wir hier?", fragte ein Mitglied des Forensikteams.

"Zwei tote Kinder", antwortete Miller.

Das Team machte sich an die Arbeit, Beweise zu sichern. Miller und Abe standen Seite an Seite und warteten auf das Geräusch: das Geräusch eines wimmernden Kindes.

KAPITEL 65

VAN GOGH

ABE RICHTETE SICH AUF, ging nach vorne und neigte den Kopf, als hätte er etwas gehört.

Miller hörte nichts. Er öffnete den Mund, um etwas zu Abe zu sagen, aber es war, als wäre er in Trance. Er schlurfte mit den Füßen über den Teppich.

Abe fiel auf die Knie und schluchzte die Worte: "Es tut mir leid, Benjamin. Es tut mir so leid. Alles, was ich will, ist, dass du hier bist. Bitte." Sein Körper fiel nach vorne und sein Kopf ruhte auf dem Teppich.

Miller hatte zwei Gedanken. Zum einen wollte er seinen alten Freund trösten, der halluzinierte. Die andere war, dem Team zu helfen - sie waren fast bereit, die beiden Kinder in Leichensäcke zu packen.

Stattdessen tat er nichts, als Benjamin in den grünen Sack gesteckt wurde. Er erschauderte, als das zweite Geräusch des Reißverschlusses, mit dem Katie den Sack schloss, die Stille durchbrach.

"Steh auf", befahl eine Stimme aus dem Nichts.

Abe tat es und stand auf wie eine Marionette, die von einem Puppenspieler zum Leben erweckt wurde.

"Geh zu dem Bild", befahl die Stimme.

Abe folgte den Anweisungen wie ein Zombie und blieb vor dem Van Gogh-Gemälde stehen.

"Nein! Nein!", schrie er und bedeckte seinen Kopf mit den Händen.

Miller stellte sich direkt hinter ihn, damit er sich den Nachdruck genauer ansehen konnte. Alles, was er sah, war eine Vase mit Sonnenblumen - nicht, dass er erwartet hätte, etwas anderes zu sehen. Als Abe wieder zu sprechen begann, wich Miller zurück.

Abe nahm die Hände von seinem Gesicht und schluchzte: "Warum? Warum? Warum? Sag mir, warum?"

Das Team, das die Leichen der Kinder trug, ging auf die Tür zu. Einer fragte: "Mit wem redet der alte Knacker?"

Ohne zu antworten, winkte Miller ihn weg.

Eine Stimme ertönte. Eine Jungenstimme, die hohl klang, als käme sie aus dem Inneren eines Tunnels. "Du weißt, warum."

"Benjamin", sagte Abe. "Ich liebe dich."

Das Team mit den Leichensäcken blieb stehen. Sie wussten nicht, dass die Stimme, die sie hörten, die von Benjamin war - dem Jungen, dessen Leiche in einem der Säcke lag, die sie transportierten.

"Stellt die Säcke wieder auf das Bett", befahl Miller. "Öffnet den Sack mit dem Jungen darin - JETZT."

Das Team tat, was Miller anordnete. Benjamin war weiß, die Augen geschlossen. Er war immer noch tot. Miller starrte auf das reglose Gesicht des Jungen, als seine Stimme wieder erklang.

"Du weißt, was du mir angetan hast. Du weißt es."

"Ich habe dich geliebt. Ich liebe dich immer noch", antwortete Abe und streckte die Hand in die leere Luft.

"Wen geliebt? Mit wem spricht er, mit Van Gogh selbst?", fragte eines der Teammitglieder.

"Pssst", antwortete Miller.

"Was wir getan haben, war Liebe. Weil wir uns geliebt haben", gestand Abe.

Miller schüttelte den Kopf. Hatte er richtig gehört? Er ballte die Fäuste und schloss die Lücke zwischen ihm und seinem ehemaligen Freund.

Abe schaute zur Decke, als ob er glaubte, Benjamin würde vom Himmel zu ihm sprechen.

"Warum musstest du dich und Katie umbringen? Warum?"

"Ich habe getan, was ich tun musste."

"Um mich zu bestrafen?"

"Ja, weil ich dich kenne."

Miller ballte seine Fäuste.

"Ich hätte sie nicht angefasst", schluchzte Abe.

"Das glaube ich dir nicht."

Abe blieb wie eine Statue vor dem Bild stehen und starrte zum Himmel.

Miller rief dem Team hinter ihm zu: "Ich übernehme jetzt."

Sie verschlossen Benjamins Tasche und trugen die beiden Kinder aus dem Raum.

Miller bewegte sich so, dass Abe direkt vor ihm stand.

Abe schaute weiter in den Himmel. Die Zeit schien stehen zu bleiben.

Dann stieß ein Messer aus dem Gemälde hervor und schlitzte Abe mit einer schnellen Bewegung die Kehle auf.

Ein paar Sekunden lang verharrte Abe in der gleichen Position. Die einzige Bewegung war das Blut, das aus der Wunde floss. Dann übernahm die Schwerkraft die Kontrolle und er fiel zu Boden, wobei sein Kopf unter der Bettdecke verschwand.

KRACH.   Das   gerahmte Van-Gogh-Sonnenblumengemälde fiel zu Boden. Die Glasfront zersplitterte in tausend Stücke.

Miller rief das Team zurück. Als sie den Raum wieder betraten, war der Boden blutverschmiert. "Wo ist sein Kopf?", fragte einer.

Miller sprach, als wäre das etwas ganz Alltägliches. "Er liegt unter dem Bett."

Einer hob die Bettdecke an, der andere griff darunter. Sie stopften Abe mit weit aufgerissenen Augen in den Leichensack. Es war so schnell gegangen, dass er keine Zeit zum Blinzeln hatte. Sie schlossen den Leichensack mit dem Reißverschluss.

"Bringt die Kinder nicht in seine Nähe", sagte Miller. Legt ihn in den Kofferraum oder auf das Dach, egal wohin - aber nicht zu den Kindern."

"Klar, wir kümmern uns darum."

KAPITEL 66

SGT. MILLER

MILLER GING AUF DEN Balkon, um ein wenig frische Luft zu schnappen. Er musste über alles nachdenken, denn nichts davon ergab einen Sinn. Zuerst war da El's Tod. Hatte sie gewusst, was mit ihrem Mann und ihrem Pflegekind geschah? Er glaubte nicht, dass sie es hätte wissen können. Nicht El.

Benjamin und Katie sahen aus, als hätte man sie zu Tode erschreckt - aber sie waren schon lange tot, bevor Abe hier ankam.

Dass Abe seinen Pflegesohn misshandelt hatte, war abartig. Zu verdreht, um darüber nachzudenken. Er wollte nicht daran denken, wie oft Abe in seinem eigenen Haus zu Gast gewesen war. An die Zeit, die Abe mit seinen eigenen Kindern verbracht hatte.

Und dann war da noch der übernatürliche Aspekt der Geschehnisse. Sergeant Miller glaubte nicht an das Übernatürliche. Er hatte es aber gesehen und die Stimmen gehört. Aber wie sollte er das erklären? Das würde er in einer Million Jahren nicht können.

Die Welt war verrückt geworden.

Miller kehrte ins Haus zurück, schlug die Balkontür zu und verriegelte sie. Dort standen ein Mann und eine Frau mit einem Staubsauger und einer Teppichreinigungsmaschine.

Die Frau fragte Miller: "Darf ich anfangen?", woraufhin er nickte. Sie schaltete die Saugmaschine ein und ein paar Sekunden lang hörte er, wie das Glas in den Metallbehälter gesaugt wurde.

"Stopp!", befahl er, während er sich über den Boden bewegte. Er bückte sich und hob eine einzelne Sonnenblume auf einer Glasscherbe auf.

Die Frau ging wieder zum Staubsaugen, während Miller sich die Sonnenblume vor die Augen hielt.

Dann sah er sie - Bewegung - im Inneren der Sonnenblume. Farben, chromgelb, zitronengelb, Farben, die sich wie in einem Kaleidoskop drehten und wirbelten. Er spürte, wie sich der Teppich unter ihm bewegte, als er die Sonnenblume fallen ließ, dann wurde alles schwarz und er fiel zu Boden.

KAPITEL 67

KATIE ERWACHT

"Benjamin", sagte Katie, "ich bin nicht dazu bestimmt, hier zu sein." Sie saß auf einer Schaukel und er drückte sie höher und höher, aber nicht zu hoch.

"Natürlich solltest du hier sein", sagte Benjamin.

Überall um sie herum spielten Kinder. Ein paar waren im Sandkasten. Andere wippten auf dem Boden. Viele wetteiferten in Baseball- und Fußballspielen. Einige spielten Brettspiele wie Schach, Dame und Murmeln.

"Du bist hier willkommen", sagte ein Junge, der jünger als Benjamin war, zu Katie.

Er trug eine Jeanslatzhose ohne Hemd darunter. Sein blondes Haar und seine blauen Augen dominierten sein athletisches Gesicht, das eine goldene Bräune hatte.

"Du bist hier sehr willkommen, meine neue Schwester", sagte ein kleines Mädchen, das jünger war als Katie. Ihr Haar war in Locken geflochten, die beim Laufen hüpften. Sie sah hübsch aus, in einem blauen Kleid mit Spitze an den Rändern und an den Füßen hatte sie weiße Sandalen.

"Aber ich bin nicht wie du", sagte Katie. "Ich gehöre nicht hierher. Du hast Sgt. Miller gehört. Er hat gesagt, dass meine Mami lebt. Sie wartet wahrscheinlich am Hafen auf mich. Sie hat mir gesagt, dass ich mich nicht bewegen soll. Sie wird sich Sorgen um mich machen."

Benjamin drückte sie höher: "Hier bist du sicher."

Das Unkraut wehte durch den Park. Der Park im Inneren des zerbrochenen Van Gogh-Sonnenblumen-Gemäldes. Der Ort, an dem all die vergessenen Kinder lebten und für immer zusammen spielten.

Denn obwohl die Glasfront in dieser Welt zerbrach, blieb sie in einer anderen Welt intakt. Die Zeituhr eines jeden Kindes wurde zurückgedreht.

Zurück. Zu der Zeit, als sie ihre Kindheit verloren. Als sie gezwungen wurden, zu schnell erwachsen zu werden.

Im Inneren des Gemäldes blieben die Kinder für immer Kinder. In der Sicherheit von Van Goghs sonnigen Sonnenblumen gab es ein Versprechen. Ein Versprechen, dass kein Kind jemals wieder verletzt, missbraucht, verängstigt oder vernachlässigt werden würde.

KAPITEL 68

SGT. MILLER

IM LEICHENSCHAUHAUS SUCHTE MILLER die Särge für El, Katie und Benjamin aus - und für Abe. Am liebsten hätte er den alten Mann zu den Zweien in einen Pappkarton gelegt, aber das passte ihm nicht. Also musste er vier Särge für vier Leichen auswählen. Irgendjemand musste es ja tun.

Miller hoffte, mit dieser Aufgabe abschließen zu können. Trotzdem musste er immer wieder an Katies vermisste Mutter Jennifer Walker denken. Sie war irgendwo da draußen - und ihre Tochter war tot, weil sie sie am Hafen allein gelassen hatte. Was für eine Tragödie.

So ein Verlust. Alles vermeidbar. Eltern sollten ihr Kind beschützen - egal was passiert.

Sie sollten lieber sich selbst in Gefahr bringen, als dass das Kind zu Schaden kommt. Wann ist das alles schief gelaufen und warum hat er es nicht gesehen?

Miller konnte nicht abschließen. Er konnte sich nicht beruhigen.

Und in seinem Inneren nagte etwas an ihm. Es fraß ihn von innen heraus auf. Er kehrte zum Haus der Julius' zurück, in der Hoffnung, Antworten zu finden. Das

Grundstück war immer noch mit Klebeband abgesperrt und ein Beamter stand an der Eingangstür.

"Ist da jemand drin?" fragte Miller.

"Nein, Sergeant. Ich glaube, sie haben es für heute abgeschlossen. Sie haben nach Fingerabdrücken gesucht und alles, was sie als Beweismittel aufbewahren wollten, herausgenommen." Er schaute auf seine Uhr. "Ich hatte vor, bald zum Revier zurückzukehren. Meine Schicht ist fast zu Ende."

"Kommt noch jemand, der über Nacht auf das Haus aufpasst?" fragte Miller.

"Ich glaube nicht."

"Dann gehen Sie", sagte Miller, "ich übernehme das."

Der Beamte stieg in seinen Streifenwagen und fuhr los. Miller sah ihm beim Wegfahren zu und betrat dann das Haus.

Drinnen angekommen, ließ er sich von dem Gefühl, das an seinem Bauch nagte, dorthin führen, wo er hin musste. Den Flur hinunter, den Korridor entlang. Zu Abe's Büro. Er überprüfte den Schreibtisch: verschlossen. Er ging in die Küche und holte ein Messer aus der Schublade. Er benutzte es, um den Schreibtisch aufzubrechen. Was er suchte, lag dort, als ob es auf ihn gewartet hätte: Abe's Hauptbuch.

Miller blätterte durch die Seiten bis Weihnachten und suchte nach Puppenbestellungen. Es gab mehrere Bestellungen über die Jahre hinweg, mit Fotos der Kinder, ihren vollständigen Adressen und Fotos der Kinder mit ihren passenden Puppen.

Von Katie war allerdings keine dabei, aber er konnte bestätigen, dass die Person, die die Bestellung aufgegeben und die Puppe abgeholt hatte, Mark Wheeler war.

Er fand insgesamt sieben Bestellungen aus den letzten Jahren. Ein Foto des Kindes, neben dem Foto der Puppe. Katie war die letzte Bestellung gewesen.

Er saß noch ein paar Sekunden in Abes Stuhl und blätterte durch seine Akten. Besonders erwähnenswert war ein Antrag auf Adoption von Benjamin. Darin stand, dass er auch Eigentümer des Hauses und des Ladens werden würde. Es war noch nichts entschieden, da El den Antrag nicht unterschrieben hatte. Er schnappte sich den Antrag und das Hauptbuch und trug sie aus dem Büro.

Er ging in Katies Zimmer. Eine Sekunde lang konnte er nicht atmen. Ihre ähnlich aussehende Puppe lag auf dem Bett, saß aufrecht und beobachtete ihn. Er wartete auf ihn. Wenn das Ding geatmet hätte, hätte es ihn nicht mehr verblüffen können. Unfähig, sich zu bewegen, schärften sich seine Sinne.

Zuerst ein pfeifendes Geräusch. Ein Flattern. Wehende Vorhänge. Wie Tentakel aus Stoff griffen sie nach der Puppe.

Er zitterte, drehte sich um, um zu gehen, konnte es aber nicht. Er schlang seine Arme um sich.

"Okay, okay", sagte er zu niemandem. Er schnappte sich die Puppe und trug sie aus dem Zimmer in die Küche. Er suchte unter der Spüle nach einer Tüte, die groß genug war, um sie hineinzustecken. Er brachte es nicht übers Herz, sie in einen grünen Müllsack zu stecken - das sah zu sehr nach einem Leichensack aus. Stattdessen fand er eine blaue, durchsichtige Recycling-Tüte und legte die Puppe mit den Füßen voran hinein.

Er schloss das Haus ab, stieg in sein Auto und fuhr quer durch die Stadt. Als er am Gebäude ankam, erkannte ihn der Concierge, so dass er seinen Ausweis nicht vorzeigen musste. Das war auch gut so, denn er hatte eine Puppe in einer großen durchsichtigen Tasche dabei.

"Ich bringe dich nach oben", sagte Matthew Barry, der Desk Manager. Er wies ihm den Weg zum Aufzug und fuhr mit ihm in den siebten Stock.

Auf dem Weg nach oben stellte sich Miller viele Fragen, z. B. was er hier tat und warum, aber er bekam keine Antworten.

Das Einzige, was er mit Sicherheit wusste, war, dass das Gefühl, das sich in seinem Bauch festgesetzt hatte, nachließ, seit er die Puppe in die Hand genommen hatte. Als er sich dem Raum näherte, trat es in den Hintergrund.

Barry drehte den Schlüssel im Schloss, und WAMM, eine Sirene heulte auf - der Manager hatte das Gefühl, sein Gehirn würde explodieren. Der arme Kerl drückte auf alle Knöpfe an der Wand und versuchte, das gewaltige Geräusch zum Schweigen zu bringen. Als nichts funktionierte, hielt er sich die Ohren zu und drehte sich schließlich um und ging schreiend aus dem Raum.

Auch Miller war von den Sirenen betroffen, aber nicht so sehr wie der Manager. Er ließ sich auf das Bett fallen, benutzte die Kissen, um den Lärm zu dämpfen und hoffte, dass er bald aufhören würde. Er schloss die Augen und wurde ohnmächtig. Als er wieder zu sich kam, lagen die Kissen auf dem Boden und das Zimmer war still.

Er schluckte ein wenig Wasser und spritzte sich etwas davon ins Gesicht. Er bemerkte, dass der Teppichboden neu war, und zwar diesmal etwas dicker. Dann sah er etwas anderes: ein neues Van-Gogh-Sonnenblumen-Gemälde in einem antiken Goldrahmen.

Während der Wasserhahn tropfte, untersuchte er das Gemälde. Er sah keine Bewegung, dann erinnerte er sich an die Puppe. Er sah die Plastiktüte auf dem Boden neben dem Bett: Sie war leer.

Er kratzte sich am Kopf, drehte sich um und ging zur Tür, und als er seine Hand auf den Türknauf legte, ertönten Kinderstimmen:

Danke für die Blumen,
Danke für die Bäume,
Danke für die Wasserfälle,
Danke für die Brise.

Wir sind jetzt hier zusammen.
Frei von Leid und Schmerz
Danke, Sergeant Miller
dass du wieder zurückgekommen bist.
Diese Worte und die Melodie spukten immer wieder in
seinem Kopf herum. Tage, Wochen, Monate, Jahre lang.

EPILOG

MILLER GING IN DEN Ruhestand, mit einer letzten Bitte in der Ausübung seiner Pflicht. Er klopfte an die Tür von Judy Smith.

"Ich bin hier, um Gerald zu sehen", sagte er.

Er folgte Judy die Treppe hinauf: "Sergeant Miller ist hier, um dich zu sehen."

Sie stand in der Tür, während Miller Geralds Hand schüttelte und ihm eine Belobigung überreichte.

"Du hast uns geholfen, einen Fall zu lösen", sagte Miller. "Mach weiter so mit deiner hervorragenden Arbeit."

"Kann ich ein Foto von euch beiden machen?" fragte Judy.

Miller nickte und er und Gerald unterhielten sich, während sie die Treppe hinunterging und mit ihrem Handy in der Hand wieder hochkam.

"Sagt Cheese", sagte sie.

Nach ein paar Fotos verabschiedete sich Miller und machte sich auf den Heimweg. Er hoffte auf einen ruhigen Abend mit seiner Frau - was er nicht wusste, war, dass sie eine riesige Überraschungsparty für seinen Ruhestand vorbereitet hatte.

DANKSAGUNGEN

Vielen Dank, dass du Everyone's Child gelesen hast, dessen ersten Entwurf ich während des National Novel Writing Month im Jahr 2013 geschrieben habe.

Nach der Fertigstellung des ersten Entwurfs habe ich einige kleinere Änderungen vorgenommen und ihn dann an einige Beta-Leser geschickt, um zu sehen, wie er verbessert werden kann - und ob er ihnen gefällt. Vier von fünf Lesern (Autorenkollegen) mochten weder Katie noch Benjamin und wollten, dass ich die Charaktere so umschreibe, dass sie ihren eigenen Kindern ähnlicher werden, usw. Ich nahm sie mit, um sie zu überdenken, während ich an anderen Projekten arbeitete.

Am Ende entschied ich mich, bei meiner Meinung zu bleiben. Andere Autoren konnten ihre Figuren so schreiben, wie sie es wollten. Wenn wir alle unsere Figuren auf die gleiche Weise schreiben würden, was wäre dann der Sinn? Es waren meine Figuren und sie hatten mich ausgewählt, um ihre Geschichte zu erzählen. Ich musste ihre Geschichten so erzählen, wie sie sie hören wollten. In dieser Hinsicht stimmten meine Figuren und ich überein.

Deshalb suchte ich nach einem Entwicklungslektor, und ich fand eine hervorragende Lektorin, für deren Hilfe und Ermutigung ich immer dankbar sein werde.

Aber Everyone's Child war noch nicht fertig. Es musste von neuen Beta-Lesern gelesen werden und das wurde es auch. Diesmal stellte ich ihnen Fragen und war vor allem wegen der Brotkrümel besorgt. Hatte ich genug hinterlassen, um den Leser zu dem schockierenden Schluss zu führen? Einer von fünf Lesern war der Meinung, ich hätte zu viel verraten und bat mich, die Anzahl der Brotkrümel zu reduzieren. Vielleicht interessiert es dich, dass sie anfangs falsch lag, aber beim zweiten Lesen hat sie mehr Hinweise entdeckt.

Ich möchte mich an dieser Stelle bei meinen Korrekturlesern, Beta-Lesern und Redakteuren für ihr Engagement für mich und dieses Projekt bedanken. Ihr Beitrag war wertvoll - egal, ob ich ihre Vorschläge angenommen habe oder nicht. Ihr habt mir geholfen, Everyone's Child zu dem Besten zu machen, was es sein kann. Vielleicht hätte Stephen King mehr tun können/wollen. Aber ich bin kein Stephen King. Ich bin ein Indie-Autor, alleiniger Mitarbeiter und Gründer von Stratford Living Publishing.

Danke auch an meine Familie und Freunde, die mir in der Dunkelheit beigestanden haben.

Und wie immer: Viel Spaß beim Lesen!

Cathy

ÜBER DEN AUTOR

Die mehrfach preisgekrönte Autorin Cathy McGough lebt und schreibt in
Ontario, Kanada, mit ihrem Mann, ihrem Sohn und zwei Katzen.
Wenn du Cathy eine E-Mail schreiben möchtest,
kannst du sie hier erreichen:
cathy@cathymcgough.com
Cathy hört gerne von
von ihren Lesern.